吴德绳文集

趣匠随笔

吴德绳文集

趣匠随笔

吴德绳 著

中国建筑工业出版社

八秩留影（2019）

吴德绳，1939年出生，籍贯江苏常州。1957~1963年清华大学学习，毕业于土建系，共产党员。从事建筑专业设计工作，在北京市建筑设计研究院历任工程师、主任工程师、总工程师、院长、院长兼书记，2003年退休，任顾问总工程师。参与多项工程设计、科研课题，包括领导编制申报2008年奥运会场馆规划设计文件；曾任首都机场第二航站楼、北京东方广场、国家大剧院等大型公共建筑的副总指挥，曾任高等学校教育指导委员会、评估委员会、认证委员会委员或主任；曾参与专业学会、协会领导职务和高等学校专业课座教授；"全国五一劳动奖章"获得者，享受国务院特殊津贴。

由书及人的回忆（代序）

马国馨

终于看到了吴德绳院长文集《趣匠随笔》的样书。记得在多年前，他曾把最早写的一些随笔文字的录入稿送我学习，后来又在微信上多次看到他的后续文字。我一直鼓动他结集出版，让更多的人可以从中学习，直到今天我才看到初步的成果。

吴德绳院长，既是我的领导（1992年—2003年兼任我院的院长兼党委书记，有几个重点工程是我的直接领导），又是设计院的同事（他自上世纪70年代来设计院以后，在七室从事援外工作，虽打交道不多，但也有交往的机会），同时又是我的学长（除在清华比我早三年毕业，还是育英中学高我三届的高中校友）——可以说我和他的缘分不浅。平时我一直以"吴院长"尊称，这次他的大作让我作序，我说写一篇学习心得或学习体会还是很愿意的。

吴院长的随笔文集，共收录了68篇文字，并精心组织成七个部分，每部分都由相近的内容组成，所以读来很有条理。初步拜读以后，我想先汇报一下自己的关心重点。

首先，我最感有趣和吸引我的是"协和医院"的部分。大家都知道，吴院长的父亲是著名的医学家和医学教育家、"两院"院士、泌尿科专家，还是周总理医疗组的组长，后曾任全国人大常委会副委员长。这也是我一直十分骄傲和自豪的地方，每次我给别人介绍设计院的吴院长时，都要加上一句，那是吴阶平的儿子。除了他父亲和众多吴家的名人之外，赵元任还是他的舅舅，所以我更多地把他视为"名人子弟"，既然是名人和名人之后，就有进一步窥探和了解他们的兴趣。记得我看到吴院长的一篇文字，说过他出生是由著名的林巧稚医生接的生，以至多年以后林还向他父亲问起这个孩子的情况。文中介绍了名人家庭中的家教，许多做法都是出乎人们预料的"另类"，也给人很多启发。但是吴院长没有回忆他的家庭在医学上对他的熏陶，按说他对此也懂得很多。记得我有个大学同班同学因肾病来京，我顺便问起他父亲平时是否出诊的情况，他半开玩笑地说"不用找我父亲，我就能给看了"。我就是在那次才知道尿毒症除了人工透析以外，还可以腹膜透析，当时还以"无照行医"的玩笑回敬了他。

协和是人们十分崇敬的医学殿堂。记得我考大学那年（1959年）正是协和医学院的第一次招生，八年制的学制听起来就让人肃然起敬。当年我父亲是震旦大学毕业的医生，平时受到家庭的影响，高考时也曾动过报考协和的心思。但一想，这是第一年招生，竞争肯定会十分激烈；思忖再三，还是放弃了报考八年制的协和，转而报考六年制的清华。我知道震旦是法国体系，而协和是英美体系，所以对协和、对医学始终存在敬畏崇拜之心。后来甚至还曾想过，如果来世能够重新选择职业的话，可能会放弃建筑师转而投身医学的吧。故对随笔中作者介绍的协和的每一个细节或规定，都充满了好奇之心。

对随笔文集另一个感兴趣的地方就是他的中学时代。育英中学是个有悠久历史的学校，最早成立于同治三年（1864年），是私立教会学校，1900年后改称育英学校。我们虽然是在时间上错开，但在空间上还是有关联的。他在文章中提到随"国脚"年维泗去踢球，是到两公里以外的操场，那实际就是育英中学在骑河楼的三院，也就是1955年后在这儿成立了纯高中班的六十五中。那里除了新建的教学楼外，还有400米跑道的大操场——这在那时的中学当中是很少见的,所以足球的传统一直传承下来。化学老师孙鹏的足球技术在北京教工队中十分有名,也是我们崇拜的对象。校队当中也有的成为北京青年足球队的成员,后来的校友中还有著名足球教练金志扬。

当年由高中部成立六十五中时,保留了当时育英教师队伍中的精华和名师。在文中作者多次提到化学老师对他的厚爱,我读来更感受亲切,因为这位化学老师就是我高中时的班主任郭保章老师。郭老师1926年生,安徽阜南人,1950年毕业于北京大学化学系,以后到中学任教。我在中学时化学很一般,只记得老师讲课时嗓门很大,中气十足,同学中还传着老师的一些趣闻。倒是大学毕业以后,与郭老师的联系紧密起来,知道他后来曾任一个中学的校长,又曾任首都师范大学化学系教授。我们中学同班同学多次跟郭老师聚会,去拜访他在龙潭湖的家,在教师节时送上我们的问候。当他知道吴德绳是我的院长以后,马上回忆出"我教过他"。此后他和吴院长也建立了联系,就像文中所说:"如今他已九十高龄,教师节时我都给他打电话问候。他头脑还是那么清晰,还记得我是做正二十面体模型的学生"。郭老师还曾把他的著作《中国现代化学史略》和《中国化学史》分别在1998年和2006年签名赠我。吴院长文中对郭老师的慈爱所表现的感恩不尽的心情,同样令人感动。

采用小品散文的文体写作,是本书的一大特色。这是一种轻便自由,可与小说、戏剧、诗歌等相提并论的文学形式。其短小灵活、简练隽永,可将作者经过思考的点滴体会、零碎感想、片断见闻传达给读者。其内容题材不限,传达的思想和道理也没有限制,历史十分悠久。国学大师钱穆就认为:《论语》可称为中国最古的散文小品，散文之文字价值，主要就在小品。又有文章认为，小品始于晋代，当时把佛经的译本中的简本称为"小品"，而详本则称为"大品"。民国初年王国维先生认为"散文易学而难工"，其规律有"托物言志""借文抒情""形散而神不散"等。从上世纪二十年代起，梁实秋、徐志摩、周作人直到鲁迅，都是小品散文的高手，虽然对其社会功能和作用有着截然不同的观点，但总的来说都有微言大义、言近旨远、深入浅出、情趣幽默等特点。在《趣匠随笔》的各篇文字中，可以看出作者对这种文体的驾驭自如，随手拈来，独具情趣，给人以深刻的印象。

作者在耄耋之年反思自己的优点，一是快乐的生活性格，二是勤于思考的偏好。我以为，"勤于思考"是我在与吴院长交往中体会到的重要特点和优势。对于"思考"一事，自古以来就有许多这方面的论述："心之官则思，思则得之，不思则不得也"（《孟子》），"学而不思则罔，思而不学则殆"（《论语》），"博学之，审问之，慎思之，明辨之，笃行之"（《中庸》）。只有通过思考才会产生思想，所以西哲苏格拉底有名言"没有思考过的生活是不值得过的"。就思想而言，"思"就是理性思维，"想"就是想象力。这也是处于大变局的时代人们所要追求的目标。

吴院长之所以有勤于思考的偏好，除了天分以外与他的家庭环境、学养积累、社会经历、勤学力行有极大关系。就他的专业技能方面，已达到运用自如的地步，但他并不满足于停留在单纯的技术层面，而是经过深思熟虑上升到更高的哲学和方法论层面，从中悟出许多智慧和道理来。尤其是出任设计院的行政领导、主管单位的全面工作以后，视野更加开阔，考虑问题就不单限于单一专业，而更多要考虑全面,各专业的协调综合、轻重主次。在我负责首都国际机场2号航站楼的工程时,吴院长出任该工程指挥部的副总指挥,由于是"三边"设计,现场设计组的压力很大,一度工作有些被动。吴院长除了通过指挥部在上层将矛盾一一化解之外,还给设计组提出了许多卓有成效的解决办法;后来,他还总结出了许多建筑专业与其他专业如何配合、主持人如何主管全局又兼顾各方面的经验。

吴院长总结:"勤于思考,善于思考,是优良的作风,如果养成了习惯就成了好的品质,会一生受益。问题如果多与工作有关,属敬业;如果多与常识有关,就属爱好;如果和各种事情有关,就是乐于探究。"事实的确如此,对于遇到的每一件事,他常常都要问一个为什么,能不能改进得更好?这样就能在平时我们熟视无睹的地方发现问题,并进一步想出更好的解决方案来。这里我想起建筑界前辈杨廷宝先生送给毕业生的一句话:"处处留心皆学问",就是指需要到处留心,无论是看书学习,参加生产实践,要有观点,有准绳。可见勤于思考不仅可以总结出思想,还能悟出学问。这些经验都可称之为宝贵的人生智慧。

吴院长还有一个让人十分佩服的地方,那就是他的动手能力。他不但善于思考,还勤于付诸实践和行动。对理工科学生来说,动手能力常是许多人(包括我在内)的弱项。我早就知道他能修表、修相机、修空调,动手能力是他的强项。像在文中提到的,他在阿尔巴尼亚援外时,为大使馆修理冰箱的过程,恐怕是大使馆的专业电工师傅也想不出的。他在设备系统调试或运行过程中,常常碰到许多专业师傅都难以处理的问题,但由于观察细致,实践经验丰富,都能出人意料地找出解决办法。由于动手能力强,他也很早就拿到了国际驾照,是在院里率先骑过美国哈雷摩托车、驾驶意大利菲亚特小汽车的人。我也曾拿着一个挂钟求他修理,他自诩"我只修那些亨得利钟表店都修不了的活儿"。当然这些动手能力和实践经验,都与他勤于思考有着密切关系——心灵才能手巧,在多思的基础上,再加上多动手,自然就能达到"知行合一"的境界了。

吴院长在七室工作时,因他经常出国,所以接触不多;任院长以后,直接过问我们的许多重点工程,在工作中了解就更多了一些。他退休以后,这种复合型专家在学会等机构的社会活动和评审很多,我们的交流机会反而更多了。每次有机会见到他,都很高兴愉快。他幽默诙谐,妙语连珠,所以自称"趣匠"也是很有道理的。就拿这次让我写学习体会这件事,写到最后,我想到他的随笔多是短小精干的文字,言简意赅,短短的文章就说清楚一个人生哲理;而我这儿却是啰里啰唆、连篇累牍写了一大堆,可能还不得要领。念在多年老友的情分上,又兼有学长、上级、同事的多重关系,加上我本来就想找个机会写写他,就利用这个机会一起诉诸文字了,想来也不会太怪罪吧!

记得我在学长处还曾看到过其他随笔,还未收入这本文集之中。他现在虽然"赋闲",但仍然精神矍铄,精力充沛,积极思考,笔耕不辍,希望本《文集》的后续"二集""三集"能够尽快问世。

借此机会祝老学长身体健康,全家幸福!

二〇二一年金秋十月

前言

这是一批赋闲之后反思的随笔。因为我是从管理、党务以及专业的几个职位上陆续退休，延续工作的时期长久，如学术界以及国家的科技项目立项、指导、验收等方面和高等教育方面的社会工作至今还有参与，使我在退休之后仍有新知识、新信息的通道。这种顾问工作反使我得到了学习的方便和尽力的机会。

赋闲后的社会工作与在职时的执业有很大的不同，着力点得到了选择权，可以较宽松的节奏去思考——在职时的勤奋是"创造财富"，为国家、为单位、为自己。赋闲时参与和积极的思考，是"创文化"的好机会；方便超脱地总结、分析，并能读书、再认知。

在为学弟学妹们做顾问工作中，深深感到时代的进步。他（她）们的高明、高效、工作手段比我强了很多，也高兴地预见当他（她）们赋闲时创出的"文化"会更加深刻和实用。这样试了一段，还得到些年轻人的欢迎，以致有的学弟（学妹）们有困难、有问题，愿找我讨论。我试着"诊断"、试着"开方"，反映称"有效"。我就快乐记下这个事例和道理。这过程让我积下了一批随笔，它们成为我闲谈、论坛、顾问活动的"原材料"，也是组织"拼盘"的"素材"。

当有朋友约我去作个主题发言或论坛时，我只要问他：给谁讲、讲多长，主要讲什么？告诉我之后，五分钟就能配制出"拼盘"，很轻松方便。

编个广告词就是：说者有心（是我）；听者有乐（是讲故事）；捷者醒悟（年长些或碰到过困惑者）；缓者厚积（年轻些或无准备

者）。多次实践的反馈，说明这种广告词不属虚假。

有些朋友让我把随笔"出书"。我不敢，是怕浪费读者的时间，也怕暴露出我的浅薄，更不知我的"随笔集"是什么？给谁看？有什么用？加之年老渐体衰，遂一直未敢前行。后经同志们鼓励及帮助，又学到习主席的教导：创新的起点是传承，传承的重点是问题导向和需求牵引。朋友说，你的随笔大多应属习主席指示的贯彻。这是说动我的重要鼓励。

谢谢好心的出版专家，那就麻烦你们吧！我受国家、家长、恩师、单位同仁、朋友、领袖的恩惠太多了，快乐的一生留下点随笔，出版传播，算个答谢！

反思一生，也有自认较成功的方面，一是快乐的生活性格，二是勤于思考的偏好。为了传递这种感悟，大小琐事的随笔也"端出"了，请各位读者，您只选合口味的看吧！

吴德绳

二〇二一年春节

目录

由书及人的回忆（代序）	009
前言	017
深爱的中学老师	028
中学的恩惠	030
随"中国足球第一人"踢球	033
交数学作业得到化学老师厚爱	035
老师夸奖的功效	037
中学语文老师教的"四六"句	039
梁思成老师送我的"独食"	040
做小电瓶引发的作业	041
学装收音机	043
假期考汽车驾照	045
与"空气调节课"老师的插"趣"	047
"巧干"胜过"傻练"	049
马约翰教授的启示	051
·图版一	053
我与"协和"	054
父亲的爱国情怀	059
爸爸给我的礼物	062
父亲筹建北京"二医"的记忆	063

父亲的"另类"教导	065
外科医生的伤口缝合	067
协和医生洗手的故事	069
"老协和"的病例保管	070
缝纫机	072
身世的调侃	074
药房划价的奥妙	076
可爱的大家庭	078
・图版二	079
老北京营造业的行俗	082
学做箱子	084
老先生的安全意识	086
精细的上海主妇	087
劳动者最聪明	089
行行有学问	091
・图版三	093
修冰箱	098
外国友人难译《红楼梦》	099
拆烟囱	100
唬住外国工长	101

工具要"露头" 103

· 图版四 104

酒店的双手纸架 107

日本公私分明管理清晰的小事 109

院长的智慧 111

大城市停车的小故事 112

中式家具的小改进 113

各得其所 115

· 图版五 117

"忙"的缓解 128

领导者 131

"爱干的"和"该干的" 133

"从我做起,始于足下"的自勉 135

人情 136

"找谁办事"的策略 138

愿让秘书代为处理事务 139

助手的处事原则 140

报告要想效果好,换位思考必不可少 141

"妇女之友" 143

· 图版六 144

"匠人"情怀　　　　　　　　　　149

戴念慈部长的哲理　　　　　　　151

贝聿铭大师的设计哲学　　　　　153

关注细节的建筑大师华揽洪　　　154

取舍的考量　　　　　　　　　　156

学兄嫂杨士萱姜慧芳伉俪　　　　158

吴良镛老师的言传身教　　　　　160

・图版七　　　　　　　　　　　162

不在人后说"坏话"　　　　　　173

不编瞎话　　　　　　　　　　　174

科技思维的三个层面　　　　　　175

情商　　　　　　　　　　　　　177

认知的黄金时段　　　　　　　　179

节约是永恒的主题　　　　　　　181

人生"三字经"——七十五抒怀　183

"有我"的自省　　　　　　　　184

感恩的修养　　　　　　　　　　185

后记　　　　　　　　　　　　　189

深爱的中学老师

中华人民共和国成立那年,我 10 岁,所以读过解放前的小学。解放初到我中学毕业,是我戴上了红领巾受老师、家长呵护最丰厚的年代。最最与今天不同的是我受的教育中没有"应试教育"的扭曲,中学老师对学生真诚地爱、极尽育人之努力。他们所谈所想所作,都是为学生身心健康的成长。

有一次班主任竟关注到我中午放学没及时去吃饭。我是和父亲相约,他上午下班后,下午要去的地方路过我的学校,就说来带我一起去吃饭,所以我没带饭盒,也没去买食品。没想到,他上午为病人看病拖了时间,当年通讯不方便,无法通知我。我就一直等,快到下午上课时间了,就回到了教室准备上课。班主任老师想着我好像没等到爸爸,自己立刻掏出钱逼我去买个馅饼吃了再上课。那个真诚、那个不容商量、那个爱心,几十年在我心中都那么鲜活。晚上父亲知道后,只简明而郑重地说"你好好听老师的话,他是位好老师"。这句话对我着实很起作用。

老师为启发我们的想象力和勤于思考的兴趣,曾组织我们作了一次"科学讨论",出的题目是"假如世界没有摩擦力"。这题目是讨论会开始时才宣布。

同学说:"那我就来不了啦,因为走路是靠摩擦力!"又一位说"你球鞋带都结不住"。

进而有人说，你的球鞋帆布面都织不成，棉线要散掉。哈！所有的布都织不了，你只能裸体出门。那我不成猿猴了吗？还在捡果子吃。你有的能捡，有的捡不了，托着吃还行，捏着吃不行。捏东西就靠手指与物品间的摩擦力！那你骑自行车也很危险呀，刹车是靠闸皮与车圈的摩擦力！你又忘了骑车能前进是靠轮胎和地面摩擦力。

七嘴八舌真快乐！互相启发着，反复地深化，又不断地出现矛盾而自嘲。

老师最后总结：再告诉你们一点，世界能是今天这样，而不像你们说的那样，证明了我给你出的题目"假如世界没有摩擦力"的假如是错的。所以，有学者说可以大胆地假设，而后一定要小心地求证。

这些旧事给学生们的印象这么深刻，我至今不忘——送给学生的知识和认识论的积淀多扎实，把大学者胡适的论述那么融会贯通地传播！

老师职业太伟大了！他们作雨露，自有茂盛的禾苗产生，对于社会的贡献，禾苗理应超过恩师。

中学老师是神圣的职业，虽然应试教育的扭曲，对他们有影响；但传承我的老师们的品德，必使后辈执业更有声色和效果。

快乐的回忆，值得分享！

中学的恩惠

我的中学有许多优秀的老师，都可称是恩师，对我的成长起了至关重要的作用。虽然我并不是学生中的成功者和优秀者，但我自感是一直充实和快乐者。

当退休赋闲回首往事时，感恩之情从那么多往事中自然而发。每个老师给我的恩惠都有具体的故事，要说他们共同给我性格上的培养最主要的是什么呢？当我七十五岁之后才做出了初步归纳：就是培养了我对知识的好奇、广泛探究的兴趣，以及这种作风的长期坚守。我的这方面特点是倾向理工科的，而文史方面则很弱，也反映了教育必应因人而异的，我这方面的倾向从中学肯定已有显现。

除了学校的氛围、恩师们的言传身教之外，还得说说可爱的同学们对我的恩惠。我们班同学家长有各种从业，有几位同学的家长是经营各种工场作坊的，凡我知道后总要求同学带我去看看，每个同学都热情应允，还有是主动邀请的。当时我们都是骑自行车上学，放学约下午四点半，我只要跟同学一起回他们家，就能很有兴趣的看个大概。很长见识，也很得启发，有些参观拜访还得到他们的家长们后续的关爱。

有个同学家经营一个医疗器械维修、制造厂。那是有好几台机床的工厂，可车间只有一台电动机作动力，用平皮带传动一个天轴转动，而每台不同的机床都是从天轴用平皮带传下动力。这每台机床都对应天轴上的一个皮带轮，皮带轮与天轴紧固一同转动，就是动力输出处。皮带轮的直径是根据各车床需要的转速而不同，在这种皮带轮旁还都有一个紧靠的同样的皮带轮，但它不与天轴紧固，而是自由转动的。当某台车床不用时，它的传动皮带就用专设把柄把平皮带侧推到活动皮带轮上，天轴在转，活动皮带轮不转，这台车床就不用电动机的动力了。这种离合装置、多台车床用一台电动机的情景真是永生不忘！

有个同学家制造眼镜框，新中国成立之初是物资匮乏的年代，透明塑料眼镜框竟是用解放后卖出的国民党废战斗机的有机玻璃座舱盖为原料，切成十多公分的长方块，中间切两长缝，在热水中加热变软。用锥形木楔把两缝撑大、撑圆，就是装镜片处，竟成镜架毛坯。切下些细长条，在一个水平电钻用手捻着打孔，那钻头是一钢条自制的，这就是眼镜腿的毛坯，插入粗铜丝加上"合页头"就与镜架相接成为眼镜架。真是开眼，手工业匠人的聪明能干深深地打动了我。

还有做汽车电瓶的小作坊。除了参观，他们还应允帮我自制小电瓶，也给了我极大的发挥和乐趣。还有个手工印刷作坊，去玩了一次，对祖国的四大发明的印刷术从"知"得到了"识"，见识了这种行业的一斑。

更有趣的是一个姓乐的同学，家族是同仁堂的东家。一天他主动说"走，跟我去吃西瓜！"。当时正是西瓜上市时，同仁堂要大量炮制叫作"西瓜膏"的成药，我们进入车间，那么大的房子长条案子上摆了很多一分为二的西瓜，小同学拿了两把小钢勺，一人一把，看好的瓜就挖一块吃，再换一个挖。他还招呼我，快来！这个甜。这次的见识，师傅们如何操作，看的不多。是吃瓜为重点啦。

回忆起来那么多好同学都带我去满足好奇心，使我见识面扩大不少，其实这种宽阔的眼界，对我终生有益。

  这些动力显然是老师精心教书育人送给我的。几十年之后我明白对我的潜移默化、给我的阳光雨露实在可贵。感激辛勤的老师，热情好客的同学和他们的家长！我也盼望人人努力敬业，善良和谐的时代更加光大。

随"中国足球第一人"踢球

初中时放学不马上回家,在学校玩,也常去学校的另一处大操场踢小足球,那个大操场距校本部有近两公里,而且和我回家的路是反方向,有个比我高两三年级的大哥哥带我们玩儿足球,大家围一圈,他踢到谁附近,谁就踢一脚,踢得好他还夸。大家挺高兴各显其能,有时弄巧成拙,大家一笑也是快乐,其实我站很久才轮上一脚,天黑回家又走了半个多小时,满脸是黑色汗迹,身上湿乎乎的。

有天到家,爸爸[1]已在家,直接见到了从学校回家真实的我,问我干什么去了?我说踢足球了,他问跟谁踢,我说一个大哥哥,他问叫什么,我说他叫年维泗,不知爸爸听清没有。

后来才知道爸爸就记住了年维泗的名字,让我妈妈打听打听,其实爸爸很细心地关注我,怕近墨者黑。妈妈在我小时送我去上小学,常在家长休息室等下课带我回家,那个家长休息室就是一批妈妈的交流场所,我妈妈认识了很多个家长,直到孩子们不必送了,还保持联系,也是信息的来源。那个年维泗是好孩子吗?就是我妈妈为我爸爸从这个渠道打探明白的。好家伙!年维泗是个好孩子,而且他爸爸就是我们中学校长。

---

[1]编者注:吴阶平(1917—2011),江苏常州人,医学科学家、医学教育家、社会活动家,中国科学院院士、中国工程院资深院士,曾任"九三学社"副主席,全国人大常委会副委员长。

年维泗后来是国家足球大明星，国家足球队队长，国家足球队总教练，又曾任足球协会主席等要职，当然可称"中国足球第一人"。

后来听说他年纪到了，腿上带着旧伤退休了，还遗憾地说了句："中国足球是踢不到世界了"，不知真假？回想我如一直跟他干足球，退休时也许还不如现在呢，因为我退休时，真真切切地敢说：中国暖通专业一定能在世界领先！

交数学作业得到化学老师厚爱

高中数学老师讲立体几何，其中涉及了各种模型。暑期到了，老师说："用各种形式做任意一个学到的立体模型就是暑期作业"。大家都各显其能，既练动手能力，又促进对各种立体模型的深刻理解，弄明白了什么体、多少面、什么图形、多少顶角、多少棱线；又有竞赛之意，又有创新启发，还不枯燥。真是快乐学习的一部分，中学的恩师们用心教学，很多方面使我终身受益。

同学们有的用卡片纸做，有的用木头切，有的用石膏做，各有千秋。我当时玩过制作收音机，有个电烙铁，就想利用粗铁丝作棱，用锡焊几条棱线的交点焊成为顶角。好胜心使我选了个最复杂的正二十面体制作，每个顶角是五条空间棱线的交点，为了好焊接，我还做了个小工具，使五根杆聚合周正，随做随练，还真做成了。

我挺得意，到同学家玩时，也看他们卡纸做的，有的人还上了色、勾彩边、写名字。我一下子想到自己的空心笼子，名字写在哪里呢？这可糟了，把这个茬给忘了。

我想了一天，终于想出了一个"高招"。我找了一段钥匙链，做个环，套在一条棱杆上，另一头挂了个小铝牌。记得化学老师曾教过，铝片面上烤上蜡，用针画线，划透蜡层，滴上盐酸，画线就腐蚀在铝片上了。于是我就做了个牌子，烤上了蜡，刻写上我的名字，然后拿到学校去找教我化学课的老师，请求帮我滴上盐酸。

老师们对学生的要求，从来都很支持，甚至不合理的要求也多不是拒绝，而是协调到可以给的合理帮助，虽然我的化学课学得很一般，去找化学老师也不怵。不想老师热情帮助之外，还大大赞赏了我做的模型，我偷偷得意。后来，数学老师告诉我，化学老师为此特别对他夸奖了我。

经过这个过程，结果我更加认真地学习化学课了，成绩有了很大进步，真正体现了"好学生是'夸'出来的"道理。回想那时的老师们，闲谈的内容有很多是互相沟通学生的情况，真让人感动。

化学老师非常喜爱学生，他在中学教课多年后，晋升为教师进修学院的教授，还很高兴联络我们中学的弟子们。他总结出了做中学老师的优点："我教过中学，学生后来干哪行的都有，我朋友遍天下。如果我只在大学教书，恐怕我的学生、朋友都只是化学界"。

如今他已九十高龄，教师节时我都给他打电话问候。他头脑还那么清晰，还记得我是做正二十面体模型的学生。

敬祝老师健康长寿！

老师夸奖的功效

父母、老师都希望孩子好,所以"严父出孝子,严师出高徒"等教子之说,深入人心,千年流传,成为文化积淀。

西方有的国家与中国不同,父母是子女的朋友,无需过多强调长幼尊卑,可直呼父名;老师是孩子王,更得孩子心。这些都佐证了西方教育模式也应该肯定,"快乐学习",造就了无数高水平、高修养的人才。

我自小受过中学老师的恩惠,赐予了我终身受益的一点教养,感恩之情经常念之。细究起来,他们就是对我少年的"不端"采取"未责却夸"的态度,真是高明万倍。

初中语文老师要讲课本中的唐诗了,让我们预习后,先讲自己的理解,他再讲课。某次,课上他让我讲了一段,我讲完之后他显出了那么可爱的表情,说"你讲错了!但是错得好!错得有理!"。我因此对唐诗的神秘、自己的"有理",反倒增加了好奇心。我学习了课本中没有在课堂上讲的其他唐诗,去请教都得到老师的热情指点。他又告诉我,去新华书店买本《唐诗三百首》吧!我再得到他单独随时指导,我因他的一句"错得有理!"毫未费力地至今还能随手默写唐诗百余首。想来这"夸错"的方法让我受益一生。

高中时,物理老师每隔一段时间会安排一次课堂考试。一次,考试中有电学欧姆定律的题，本是简单的相除即可，我年幼、好胜，也逞能，竟用功率法进行开方的计算，可惜算了个"乱七八糟"。等到下周发卷前，我心想不及格了，"狼狈且现眼"的场景已在心中排演。哪想卷上老师批道："你算错了，但你学会了"，竟然给了全分！好一个恩师的给分原则，学会了就行，算错了居然不责备！因而我没惧怕物理课，反而更热爱了。仔细想来，在一生工作中，我有时不墨守成规、敢尝试、愿创新，也含有物理老师的这种给分原则的恩惠。

我亲身体验了这样的"夸奖"所带来的积极作用，因感恩而永远记得；体会到一些真谛，在这里就不惜自曝幼时的"狼狈"和"张狂"，目的是推荐和提倡"好孩子不是管出来的，而是夸出来的"的哲理，包括"夸错误"的艺术。

我相信那些懂这个道理而不吝啬真诚夸奖的父母和老师们，他们的子女、学生，今天一定会更快乐，明天一定会更有成就。

中学语文老师教的"四六"句

中学语文老师为指正我们易读错、写错的几个字,教了我们一篇六行的"四六"句。

我把正确原文和有错字的分别列出:

（正确的文本）	（每一行都有错字）
厩有肥马,	既有肥马,
野有饿殍,	野有饿浮,
岂是鬼神作祟?	岂是鬼神作崇?
荼毒生灵,	茶毒生灵,
草菅人命,	草管人命,
所以病入膏肓。	所以病入膏盲。

这段"四六"句除了使我能够记住几个字的正确写读;特别是后三句,还让我把对枉法贪官和社会风气的忧心挂钩,常不由自主,口中默读。

梁思成老师送我的"独食"

读大学时,作为学生参与的社会工作,担任了清华大学校刊《新清华》的摄影记者。曾为土建系主任梁思成教授冲洗专业照相胶卷,就有幸密切来往。一次因胶卷冲洗的技术难题,我请老师一同去新华社摄影部找暗房技师讨论解决方案,小汽车去来,一路闲话。我请教了"风水"方面的问题,倒引起梁老师另一兴趣,问我:你会画八卦中的八个图形吗?我说属于"排列组合",慢慢就能画出。梁老师说:我教你一口诀,一气就能画对。

梁老师教我的这口诀至今不忘,真就能一气画出。这里与朋友们共享,就是:"有个叫王元平的让我把半粒米捣碎,我说不行!"——浓缩成八个字的一句话,用这八个字的字形元素对应,就立刻画出了八卦的图形啦:

王 元 平 求 半 米 白 非
☰ ☱ ☲ ☳ ☴ ☵ ☶ ☷

中国的文化人之聪明、之兴致、传播之热情、留芳之长久,感动我多年。真应了那句话:作品比作者长寿!

做小电瓶引发的作业

读中学时学了点电学,想弄点与电有关的玩法。总觉电源是问题,干电池很贵,用交流电加小变压器最好。当时有种商品是电铃用变压器,输入220伏,输出有4个接线柱可选接,可以输出4、6、10伏,是我玩得最多的固定式电源。它既安全又可选电压,可惜它不能作活动电源,比如放在自行车上。

我的同学家长经营一家汽车电瓶作坊。我去玩,见识了电瓶的构造,以及组配、加酸、充电等大致过程。他们还答应送我极板的零块,帮我作小电瓶。那小玻璃方瓶怎么弄呢?汽车电瓶都是用专门胶制的三联壳体,他们告我,别人有用药水方玻璃瓶切去上半端做成。我找到几个药水瓶,从科普小册子学到的切玻璃瓶的办法:在欲切割处缠上两圈棉绳、滴上酒精、点燃,把玻璃瓶局部烧热,酒精烧完把药水瓶放入凉水中,自然沿线炸裂。我只做到第二次就成功了。同学的家长为我配成了小电瓶,并答应可替我充电。从此我能在自行车上玩电路了。我做了个小木盒装电瓶,固定在车梁之下,作个小配电盘,控制车灯的几种亮法。为防止自行车在存车处被同学们试玩而未关闭,在电瓶盒下面做了个暗开关,存车时悄悄关断。

我最得意之作是在车轮辐条上装个小灯泡,为送电在轴皮上绝缘的装了个导电滑环,车的前叉上装一钢丝电刷,灯泡可在车轮转动中点亮。初冬放学，天已稍暗，我开亮轮辐条上的灯泡，在操场上骑车转悠，实际是显摆，洋洋得意。

哪知被一位数学老师从旁路过，看在眼里。第二天，老师上完课临走出教室时叫我，说你的车灯不错呀！电刷是怎么做的？他又说：我给你个作业，明天交给我。你就画出我在侧面站着，看你车的亮点的轨迹图。我受到老师的赞扬，拼命也得做好这作业呀。等想透了，试画了一个图，还在晚上求姐姐帮我推车走，我在旁边看着核对。我画的就似现在麦当劳的标志连续排着的样子，交给老师又得一番鼓励。

今天回忆同学们的友爱、他家长的疼爱、老师们的慈爱总有感恩不尽的心情。真愿回报社会，就讲出这些故事，供给认同的朋友分享，以促使好的风尚能传承，惠及更多的青少年。

学装收音机

我初中时，中华人民共和国已成立，人民的贫穷、物资的匮乏仍很严重。北京的东单广场形成了旧货的大市场，地摊逐渐发展。货源有收旧货的小商贩从百姓家中收购的；有接收国民党物资库中的清仓品。我当时只是学生，稍有点零花钱，去地摊都是关注业余爱好的有关物品。

装收音机的想法是从小学时起步的。小学时只做矿石收音机，这是一种用"单向导电的矿物晶体"作检波元件的无电源耳机收听的原始收音机。到了中学很想装电子管收音机。但此中的知识、复杂性、零部件的积累和不多的零花钱，都显差距。

有一个同学说闲话，家里有一个日伪时代买的日产中档"无线电"，因家里房屋漏雨，木壳、机芯、喇叭遭毁，无法修复，只剩三个电子管反倒不怕水而完好幸存。他说者无心，倒切中我想有电子管的心愿。我说：问你爸能把三个电子管卖给我吗？回话是：可以，500块钱吧（当时币制）。

买后我擦干净仔细保存，又去东单广场地摊想着继续介入这一门。一次，找到一个卖旧收音机和零件的摊，应该就是同学家原有的那种，就问这无线电多少钱？他说3000元；我又问，我只买三个电子管呢？他说2000元。那机身不就是卖1000元吗？于是，就花1000元买下了机身。回家后，插上我保存的电子管，果然良好。

这个无线电使用了一段，记得当时关学增的琴书、连阔如的评书、高元钧的山东快书、配合抗美援朝宣传的"一车高粱米换一车美国兵"等都从它听到的。

后来还是要学装收音机的欲望驱使，忍着中断收听节目的享受把它拆了。用这堆零件和电子管，我再添些零件，改换线路，学装过多台习作。这堆零件对我的爱好给了极大的支持。直到苏联援建中国的电子管厂产出了新系列的产品后，我才逐渐设计装配些苏联体系的新型复杂的收音机和电视机，以及多种电子"小品"，如放大照片的电子定时开关、万次照相闪光灯和电子照度仪等。

我积累了知识，满足了爱好，那同学家卖给我的三个电子管真是立了大功。当时穷和困的环境，绝没损害我在青少年时的快乐及对各种知识的学习。

今天反思，我们当时的拮据和窘迫，倒是现在富裕孩子们缺少的学习和锻炼的有益背景。

假期考汽车驾照

我的汽车驾龄很长,其实这是个机缘,也为我的一生带来了多种很微妙的影响。

我自小喜欢看工匠干活,放学后,看汽修厂在街边修车,也是回家路上的一乐。

高二暑假,家长托人介绍到一个小老板也是位技师开的私人汽修厂当"学徒"。暑假30多天,早上在家吃完早饭骑车去,工厂的师傅、师兄们也才吃完饭,我就一起看着修车,随便跟着师兄们忙乎,打打下手。中午再一起吃师娘做的饭,下午骑车回家。

干了几天,来了一辆要修的小卧车,要求更换全车电线。那时没有"电线总成",更换线路要一根一根电线两头接好,包扎成束。老板还是有想法,把这车交给我干。他知道这电器活得有点文化才好干。我的师兄们多是小学水平,出来学徒的他们一般干法是两头多焊一段电线,中间一条条试着碰头,碰对了就焊接上。这样,虽然全车换了新电线,但会有不少多余的接头,还常会剪下一些短电线浪费掉。

我是高中生,会看车主带来的原汽车说明书中的电路图,所以干的时候电线都是从头到尾整根的,绝无多余接头。车主取车时夸奖了一番:"这徒弟干得不错,活儿挺漂亮"。老板得了彩,也赚到了钱。我也只剩一周多就该开学了,他说:"怎么犒劳你呢?

这样吧，你交张照片，我出钱，你和两个师哥一块去考个驾照吧！"

我们三人下午不再修车，开一辆修好未取走的小汽车，买了一把"支蚊帐竹竿"到附近空地去练车。起步、换挡、钻桩等项目，紧张地练习，抽空跑去报名，还瞒了两岁；因十八岁才能报考，而我当时只有十六岁。报考地点实际是今天的天安门广场东南角，现中国国家博物馆处。

"桩考"是师傅开车带我们去的，从窗口交准考证。考官带了竹竿、皮尺，量了我们车，查到相应的图谱，放线插杆。我们三个开始钻桩移库，我顺利地考过了。路考中还经过了北海老石桥，要求我作个"上坡起步"，幸好我练过，那种手动排挡有离合器的老车，做好这科目真得要练练呢。

在这学徒的过程，我还学到了司机行业的一个自嘲俚语："有女不嫁开车郎，十年九载守空房，有朝一日回家转，抱回一包油衣裳"。

后来到农村干校劳动，因我有驾照，就去作司机。当时被老乡称为"吴司机"，那是段快乐多彩、值得回忆的岁月。

与"空气调节课"老师的插"趣"

吴增菲老师是早年我国高校建筑环境专业"空气调节"学科最知名的教授之一。他学自美国,回国后在清华大学任教十多年,主授"空气调节"课,对中国的空调学界是有很大贡献的。

因为当年我国空调学科引自苏联的路径较宽阔,他的教学含有欧美的内涵,使学术和思路增加了新意。他在清华教授空气调节课的时代,正是我们班学习这门专业课的年代,所以他对我们学习专业主课有深远的恩惠;而且我还和他有小小特别的故事,留下别有一番滋味的回忆。

大约我考入清华大学时,吴增菲老师刚从美国学成归国,就职于清华大学土建系。我们未开此课,只听说这位知名的教授。我记忆中他是朴素帅气的学者,常见他带着个大布书包,骑着自行车,车的前横梁上常坐着他女儿,在清华校园内道路上。

我们三年级时开"空气调节课",我们才真受教于他。在班上我被选派任"课代表",担任主教授与全班同学做联络工作的服务员,做些比如收作业、发考卷、约定辅导课、组织教授的助教们和同学们完成教授安排的活动等等。一般说课代表是和这门课教授接触最多的学生,学生就会努力使学习更好一些。而"空气调节"是我们专业的重点课程,所以我是暗暗得意的。吴增菲教授的脸型和下巴的特点和我也有点像,同学们有时逗我说"你作这课代表还真合适"，因为还是同姓吴。我每次去见吴老师时心中有这些因素，有点高兴、有点害羞，可说心中有点奇怪的痒痒之感。

我父亲是位医生，在医务界还有点行政事务，有时会与卫生部领导联络，而他所在的单位与卫生部并没有随时沟通的通道。一个周日，我父亲让我给卫生部部长家送个文件。我抄下了地址，骑车找去，见到一个大红门。我按了门铃，听到门内的声响，大门拉开，门里站着的竟是吴增菲老师。我惊奇、意外、慌乱、无措的几秒钟全暴露在老师眼中，他倒也回我了一个惊奇的表情。我赶快说出我的使命，交出了文件，道了谢逃回了家。到家后向父亲述说了这个场面，父亲说卫生部部长李德权女士是抗日名将冯玉祥的夫人，只知道她有女儿，你们老师估计是她女婿。后知父亲说对啦，再干课代表的事儿，见吴增菲教授时，我心中的痒痒更丰富了些。相信吴老师也增添了些心情中的细节，估计他会想到"这个学生知道我岳父岳母是谁"。

可敬、可亲的恩师定居美国多年后，有次回国联络业务，还约我见面。我又温习了一次当年的有趣感觉，估计老师已不记得了。

恩师之恩不忘！故事也常温暖我心。

"巧干"胜过"傻练"

上大学时,学校组织学生参加各种社会工作,主要培养学生的社会见识,也有益于校园生活的活跃。

我曾做过校刊《新清华》学生摄影记者四年半,自己感觉学了很多东西,比一般摄影爱好者学得深刻扎实。当时是胶片时代,照完冲洗后才能看结果。每一张还都要节约成本,学习的精心和艰苦与数码摄影时代大不相同。数码相机可随时试拍、当场审视和补拍;成品的后处理还能有很多的弥补手段。构图和抓瞬间,用数码技术虽会稍简单些,但也需要"基本功"。

高校将举行大学生运动会,我们计划组织一期《新清华体育专刊》,需要有多项运动的照片。我们几个记者同学都憋着劲,想创作些精彩的体育照片。

百米短跑、起跑出发,这是我构思多日,也试验多次总照不好的画面。希望是运动员斜身冲出,"一腿迈出、一腿后蹬"有力度、有动感的情景。如快门稍早按下,则毫无冲劲,如快门稍晚按下,则运动员已起身,不显速度。多次体会、多次实践,等赶回暗房冲出底片,都很失望,太难了!成功率就像赌博,几分之一秒的掌控难倒我了。

日有所思,夜有所想。有一晚我忽然悟出,我从取景框看他动了,再按快门,准晚!从取景框看他刚要动,按下快门,准早!

我从看到、决策、手指动，都在他瞬时动作中插进去、抢拍出来，岂不太难了！我想明白这套过程的逻辑，我改啦！当起跑者准备时，我已对好焦距，取好景，手不动马上闭上眼睛，只听发令员的枪声。跑者听枪声而动，我则听枪声而按，我们短暂的反应瞬间，时间是并联的，不再是前后串联的。

　　事实证明我的方法成功率高多了，待作几次图片分析和练习调整后，快门大体按得准时，最精彩瞬间常能抓到。当和同学们分享此法后，人人成功！

　　逻辑思维胜过了"傻练"。

马约翰教授的启示

上世纪60年代，我读大学时，清华大学并无体育系，只有体育教研室。体育教研室负责全校学生的体育课和各项体育活动，旨在提高学生的体质，为校长蒋南翔提出的号召"为祖国健康地工作五十年"做足实际支持，还指导各种运动队在高校运动会中出成绩、拿奖牌，使清华在高校之中体育运动也显实力。

体育教研室汇聚着多位知名教授，其中教研室主任是马约翰教授。他是我国体育界当时的第一人，学识和名声非常之大，任我国第一届、第二届全国运动会的总裁判长。学校每年新生入校的系统教育活动中，必有马约翰教授的两个多小时生动、激情和独到见解的讲座，以至于在毕业几十年后仍在校友中传诵，而且是各系各专业的同学最共同的美谈。

马约翰教授每天下午在全校学生的体育锻炼时间从不间断地现身体育场的各个角落。北京高校运动会中，他多次为田径赛执枪发令，我听到了一次他对短跑运动员赛前的宣讲，让我新奇、佩服和学习乃至扩展应用至今。

他在运动员均站到起跑线后，告诉大家："裁判员和运动员是共同创造优越成绩的,我要告诉你们我发令的节奏就是'各就位—预备—啪！'听到了吗？等会儿就是这个节奏，谁也不要'抢码'、谁也不要延误！"

太体贴啦！太专业啦！站得多高！所以运动员们竟以在马教授执枪的赛跑中参赛过为荣，也许也因此出现了自己的最高纪录，还永远记住这独到的理念和教诲，"共同创造优越成绩"。

我在专业学科的活动中，主持博士生的答辩、科技课题的验收、创新技术的评审中，常对主报告者用此哲理提示几句，比如报告的要点和注意点。报告者都没反感，而觉得去掉了点儿紧张和增加些底数，把老师和专家当作战友，共同做好这答辩或验收。

至今想起马老的教导，哲理融入自己的工作中倍加感激恩师。

图版一

父亲赴美研修前与母亲的合影（1947）

我与"协和"

"协和"二字对于我,不止是医院和医学院两个机构的名称,更是文化和精神的支柱。她伴随着我从童年的成长,直至职业生涯都有着宽泛的影响。现在回忆起一些往事,还觉有趣,更有深情。

我们家族中的上辈和同辈中,学医的为主。出身自"协和"的居多,服务于"协和"的人数之多也算罕见,包括伯、父、叔、姑、婶、姑父、兄、嫂等当年已曾有八人之多,而且不少人在"协和"主要部门逐渐任较高职务。祖父对此深感自豪,他常愿悄悄去看看儿孙们的工作。一次我陪祖父到协和,正巧碰上了当时的李宗恩院长。他对祖父的尊重和美言竟是"您用人才支撑了半个协和"。祖父的表情除了表面的豁达潇洒的常态之外,也显露了窃喜之情。

我本人与"协和"的关系可从出生说起,我是出生于"协和"的。第一位见到我的人就是后来世界著名的"协和"名医林巧稚大夫。可以自豪一点还有个往事,我夫人贾靳民生我们大女儿时住"协和"。我姑姑是协和药剂师,去看我夫人的时候碰上了林巧稚大夫。林巧稚问:你来看谁?姑说是吴德绳爱人。林大夫说:啊!吴德绳都有女儿啦?哈!我出生时林大夫还年轻,她同事中那么多人都是同一家族的,接生了一个这家的小孩印象就深,而且连后来取的名字都记得。我的大女儿也属我们晚婚晚育的孩子,林老竟觉突然,可想时光荏苒。

我陆续知道了"协和"是美国洛克菲勒集团援建的，他们的宗旨含有基督教文化、慈善事业文化、红十字会文化。我也听到他们援建"协和"是以当代最高水平为标准：要建最好的建筑，要派全美最好的专家，要送当时最好的医疗设备，要开最先进的专科和专业，要传播最科学的管理；要孕育最良好的作风，要在中国推行象牙塔式人才培养。这方面我的体会是，严要求、高淘汰率、高待遇，并含深层次的对专业人员工作创新性的鼓励。

专业人员的努力刻苦、加班废寝忘食等情景，我还深有印象。他们晚上刻苦用功之后，到餐厅可随意享用营养夜宵，也令我这个处在当时很贫困社会的孩子羡慕和发挥想象。

在建设高水平建筑时，派来了美国建筑师，结合中国建筑艺术的高标准进行设计。在选用建材和建筑部品方面，不惜工本，可从各国船运进口。造就的就是至今还突显特色的琉璃瓦顶，灰清水砖样配以汉白玉围栏走廊的"协和"主建筑群。还有那些附属建筑群，如隔街的哲公楼(后称护士楼)的建筑。那是美国式的风格，用窑底砖即局部过火的砖材，拉砖点缀外墙方式的建筑。还有两个高级职工的家属宿舍大院，"南院"和"北院"，都是有大草坪、二三层连排或独栋别墅式建筑，特征是"红缸砖"墙、实木门窗、铜配件、坡屋顶、老虎窗挂石片瓦等。另有些许艺术性较简单的文海楼(男学生宿舍楼)等。

当时北平市要建最先进的医院、医学院，与之相配的市政公共设施水平却相差甚远。筹建者的决策是"必要系统，全部自建"。因而"协和"中就建有自己的锅炉房、发电厂、水源厂、煤气厂、制冰厂、压气厂、电话总机房等厂房。为弥补当时社会服务业、维修业的不足，还自建有洗衣房、设备维修工厂、印刷厂和医疗废物焚化厂等。

因为我家在"协和"的长辈多,他们带我去玩的机会也多。我自幼对工匠行业的兴趣形成了我在"协和"的玩法,愿在这些有规模、有声响、有转动的新奇景象的车间厂房中流连;也体会了那里员工的认真、严格、尽心、智慧的风格,还深深领悟到他们师徒间尊敬爱戴的人际关系。

随着新中国成立后北京市政系统发展,协和的自备系统逐渐改接到市政体系中。我记得供电系统切换中,原美国自备系统是110伏美国制式,转为中国的220伏制式,还有个复杂的更替和过渡过程。自此协和的这些部门逐渐消失,设备陆续拆除。

我在中学时,周日常随父亲去"协和"办公室,他写作、加班,我去做功课。有时,喝用本生灯(德国本生博士发明的实验台专用煤气燃具)玻璃烧瓶煮开水沏的茶,学着在走廊喝喷饮器中的直饮水,有时还带着衣服洗个淋浴热水澡。当时,在家只能另外烧水、用大盆洗澡。那些新奇经历使我很愿随父亲去做功课。做完就出去玩,目标就是那些车间和厂房。虽他们管理很严,但对我很慈爱,我尽量不招人讨厌,也就从未被拒。等到中午回父亲办公室,一起回家。父亲的医学研究、写作内容一眼没看过,一句没问过。所以,医学世家没有给我提升医学兴趣,反而"协和"的环境给了我诸多工科情怀。

有人问我为什么没学医科?现在明白,前辈们如是中医,我从事医学行业的可能性真会很大。因为中医的家族传承特征明显,而西医是靠学院学习的,所以读工科大学就同样是可以选择的。

高中一年级后的暑假玩什么呢?叔叔托"协和"设备维修工厂的师傅带我"实习一个暑假"。他们热情地接纳了,给我些徒工的工作,我参与了修理电冰箱、拆修过压缩机、精心研磨气门口等;也见识了"煤油冰箱",很觉稀奇。其下部后面有个煤油炉似的小火,烧着一些管束竟是冰箱?后来学了专业才明白那是个"直燃式吸收制冷系统",真是开眼。

当我完成了大学土建系学业,就业于北京市建筑设计研究院之后,有幸又有多次与"协和"的缘分。1976年唐山大地震后,我参加了"协和"建筑的一些安全检查工作,从专业角度更多了解些"协和"建筑的情况。在"协和"扩建新建筑和老建筑加设空调系统时,我也介入过设计工作。

推行市场经济后,争取"协和"增建工程项目设计时,我作为北京市建筑设计研究院的院长曾参加过竞标活动。有的老"协和"干部知道我,似乎给了点微妙的偏爱,使我心怀感激。

当我作为长安街"东方广场"工程副总指挥时,为安全保护工程北邻的"协和"礼堂建筑,曾参与了相关研究。这个礼堂是一座小型精品建筑,它的技术性、艺术性和完整性都很突出,能够连同一些内饰和家具全面地保存应算是后人的幸运。做此工作时心中曾常闪现三个情结:有兴奋、有喜庆、有悲哀。

一是,我父亲在"协和"获优秀生奖时就在此建筑中举行过典礼,想象那个场景也有欢乐。二是,我的兄、嫂举行结婚典礼就是借用这个礼堂。这是我全程在此参与的活动,也各处都跑到了。三是,后来我可仰称老师的林徽因女士,曾在这礼堂中为驻北平的外国使节夫人们用英语作过中国建筑的专题讲演。她约定的好友徐志摩先生必赶来听讲。讲演过程中,林老师常扫视关闭的大门,企盼他虽迟到却能现身。讲演结束,终于失望。可悲的是晚上确知,为赶来参会的徐先生所乘飞机失事。这件旧事太伤感了。

还有一个"协和"情缘,我的父亲在最后的时日就住在"协和"的ICU病房,受到协和同仁精心照料和临终关怀,并在此走完了94年的人生之路。

除这么多的情结之外,"协和"在我的专业方面,也给予我启发,让我冷静地思考。

虽然"协和"建筑的规划和设计有那么高的追求和投入,但美国人的设计缺点也很突出和典型:我清楚记得从王府井大街看"协和"的一片西墙和几层病房的外窗,未加空调系统前,每夏都请北京"棚铺行业"在楼外搭席棚、做卷帘等外遮阳临时措施,否则西向的病房夏天室内高温很严重。亲身领悟美国建筑师不懂中国建筑重视朝向的重要意义,这延伸到我后来工作中,审视外国建筑师为中国所作的设计时,很关注他们对地域性、人文性的体现深度。

"协和"情怀使我爱之深也评之严。对"协和"的深情神往地回忆了这些故事,或可梳理为:我家族的前辈们属于她;我生于她、长于她、青少年时的快乐缘于她;她促成我选定专业方向,又以职业为她服务过;她给了我很多很多,在我思想中留下最深的却不是她的主业——医学。

父亲的爱国情怀

当我记事时,父亲已是协和医学院的高才生。协和医学院有个制度,毕业典礼时毕业生隆重入场,是由低班学弟中选一名优秀生引领入场,父亲就曾任此职。

记得一些他们勤奋学习的状况,后来明白都属当时最先进的美国方式。听他谈到过某位美国教授的高明、某项管理制度的合理、某些学科的先进,但同时也常谈中国同学们的优秀、聪明和他自己的自信。

他到美国研修时期每月一次来信,我记得妈妈告诉我,爸爸干得很棒,美国导师很依靠他、信任他。北平临解放前,他谢绝了导师为他全家移民的安排,只身乘飞机匆匆返回,连行李都留在了美国,委托学友以后乘船回国时带回。当时我只记得爸爸回来的快乐,也很遗憾信中曾提到给我准备的礼物却未得到。

我陆续听父亲说:他见到的美国是很有种族歧视的,黑人、白人乘公交车竟是分车厢;民主选举是按资产分等级的,操作是不公正的;社会不安定因素很多;流浪汉常见;富翁收入之巨很莫名其妙,等等。他说见到的美国绝不是报纸杂志宣传得那么美好。

我长大后逐渐体会他是美国教育培养的学者,但他绝不盲目崇拜美国。解放后"协和医院""协和医学院"开展了专家们思想改造的学习活动。父亲非常主动、高兴地投入。他分清美国科学的先进和美国政治的虚伪,这种认识受到肯定。他曾陆续谈过,自己为什么在临新中国成立时急忙赶回祖国。他说:美国承诺的待遇和真情挽留是对众多优秀学者的普遍情况,但是我所学、所会对中国可是凤毛麟角,也必属祖国发展科学的一颗种子。

我上初中时,"抗美援朝保家卫国"的战争爆发了。我父亲响应国家号召,主动报名参加前线医疗工作,为伤病员作军医。我们家属参加了北京市政府在长安大戏院为"北京市抗美援朝志愿手术队"出征壮行的大会。父亲任队长,身着棉布军装、胸戴大红花,在台上行军礼、讲话表雄心。后来当他们换防返回时,他还带回了立大功一次的军人荣誉。我反思这段当时并不太懂,但不会忘记的场景,逐渐认识到这段历史的内涵。父亲是美国教育下成绩卓越的学者,回国只两年余。当战火烧到国门,毅然脱下学者的正装,着军装赴战区作军医,而战争的敌人却是对他就学、游学留下感情和学术基础的美国。父亲就是爱国之情怀深厚,对"美国科学的先进、学者们的高尚"与"国家、政治假民主的卑劣"认识得如此分明,才能有这些行为和表现。直到今天,我更体会父亲人格的高尚和底蕴的深厚。种在我心中的观念,促使了我在多次赴美出差中,处事恰当、获益充分,越加深刻验证和体会了父亲的观念。他造就了我爱国情怀的底蕴。曾有我一位定居美国的姑母要安排我移美,当时我已从清华大学毕业,我也因深信自己对祖国已能献力而谢绝了,父亲明确支持我的决定。

我退休后,中央十八大召开,习主席提出的"中华民族伟大复兴"的号召大大地激励了我。我愿在高龄仍积极投入教育、科技、城市建设等方面的多种活动,就是回报社会之情、热爱祖国之心驱使。这正缘于父亲多年言传身教在我思想中的沉淀。

父亲的爱国之心和医术水平很早就被敬爱的周恩来总理重视

和信任，多次委以重任，并多次给予肯定。因为保密规定，他与周总理交往的细节在家讲得不多，从父亲多次受周总理委派任务的情况，我逐渐地品味了周总理的人格魅力。他与国际朋友、友好国家领袖们除国事的交往之外，还有深厚真诚的个人情感。对方有健康问题时，他必建议请中国医学家协助；也多次派父亲去医治，或带队去工作。当年见报的消息就有父亲受周总理委派为印尼总统苏加诺医疗，而获印尼勋章的消息。

中国各方面的高干疾病和基层普通职工因公负伤者，周总理也多次派我父亲去加强医治工作。如，在坦桑尼亚援外的一位中国专家被野外蚂蜂群蜇伤命危，当天外交部就加急办妥签证启程；对北京一个工厂火灾，派去抢救为拉电闸救厂而严重烧伤的女工，等等。这些记忆使我深深为周总理的品德所感动，也深为父亲得到周总理的信任而感幸福。周总理自己的晚年医疗也完全委任父亲主持，直至末期还用微弱的声音对父亲致谢！

父亲只是一位科技工作者，竟能得到这么高尚、这么伟大的领袖多年的信任和重用并受到熏陶，获益提高。其中的深刻的缘由和往事，我将毕生学习、挖掘、思考和传承。

爸爸给我的礼物

1948年爸爸在美国做交流学者，我已九岁，工匠志趣已经初显。在美国，爸爸为我准备的主要礼物就是这个取向。很欣慰、很感恩，我爸真是同意、顺应、支持我的终身职业形成之路。

那时，中国有"积木"供孩子们玩，我已玩过，而且已不太满足了。爸爸在美国发现有一种我们称"积铁"的系列玩具。那是各种形式的铁片制品，每片都有多个孔洞，可以用小螺钉、螺母连结组装。它有系列售品，适应不同年龄儿童。我爸也很要考虑价格，但他还是买了一套有轮有轴较复杂的品种——能装成可推走的卡车，装成能加细绳、可摇手柄的起重绞车等。来信告知我们之后，这成了我最盼望的礼物。为在新中国成立前赶回祖国，父亲留下行李，抢时间不坐轮船，改搭飞机回来。行李要过几个月才海运到家，这几个月我总要父亲描述这个玩具。等玩具到手后，我装了拆、拆了装，很快把样本中的每一图都装过了；后来又创新地装了很多种"作品"。对我作工程匠人，一定有些说不清的促进作用。起码我用螺丝刀顶着螺钉，另手把螺母对准旋入，那手指的灵活技巧已"炉火纯青"啦！

父亲筹建北京"二医"的记忆

为缓解北京市医学人才不足的问题,领导决定建立"北京第二医学院"。1960年,父亲被任命为北京第二医学院筹建处主任。这个医学院就是现在的"首都医科大学"的前身。筹建这所医学院时,父亲面对很多不熟悉的工作,比如选址、土建、选调干部、行政管理、建立制度等等,而且学院的建设任务时间万分紧迫。当时又正处于国家的经济困难时期,人们粮食定量供应可说基本是不够吃。学校的招生和开学是和建设并举的,父亲在这段工作中面对的困难,以及表现出的努力、认真、顽强等品德,我后来更能体会,对他更加敬重。

我们之间的故事也越来越鲜活,愿意回顾和记录。这段时间我正是在清华大学土建系学习的后期,是高年级本科大学生的心态。

他拿到学院建楼的图纸后,带回家说你看看这些图,并说:"你不是土建系的大学生吗?"。这次的看图,其实是个基础,后来他想到什么建设方面的事就和我交流几句,比如学生厕所厕位数怎么计算确定?学生课间集中使用够吗?楼梯宽度和人员疏散时间如何计算,安全吗?等等。我就告他厕位数的规范指标,通道的人流股数和行走速度,计算疏散时间的原理等。父亲所问的内容和认真对待工作的心态,使我逐渐从顽皮地对付逐渐改为了认真负责的回答了。

在一个他们开学后的寒假,好像是星期天,父亲也在家,忽然接到学院值班干部的电话说：学院发生了火灾，消防队来了已经扑灭，您赶快来吧！父亲立刻要走，母亲说：这事可不平常，虽火已灭，现场一定很乱，不像平常上班，你陪着爸爸去学院吧！我当然愿意，早先就没去过几次，不是懒，而是不太被允许。这次爸爸也没反对。走到楼门前，地下泥水成片，进得楼门都是流水和积水。火灾发生在二层一间试验室，当时是寒假，试验室内无人而锁门。走近，见一批消防干部在试验室内检查现场、分析原因，对我父亲招呼一下后，还继续讨论。听到说估计因有玻璃瓶装的酒精，假期不供暖室内太冷，冻破了瓶子，酒精流出，电冰箱自动启停时会有火花，点燃成明火，地面酒精流动传播了火源，酿成火灾。似乎说得圆满了。我年轻好胜，插了一句话："酒精在这种温度是不会冻冰而胀破瓶子的"。随父亲就离开了现场，去听值班的职工汇报事故前后情况。

　　回家的路上父亲鼓励了我一句"你说得对，酒精冰点低，不会结冰而胀碎玻璃瓶的"。我也感觉了"轮不上我多废话"的自责。后来最后做出什么结论已不记得。

　　因为父亲的肯定而有了这小得意，所以把这件事记忆至今。

父亲的"另类"教导

我自幼至大学毕业,再到参加工作的最初十几年,都与父母住在一起。我结婚后,爱人及两个孩子的童年也都和我父母同住。

父亲是在协和医学院学成并获得美国州立大学医学博士学位的学者,从业、执业的一生都算成功。因为多年的同处,他的品德和优点我却品读很迟钝。直至我们独立生活后,自己阅历增加,甚至我退休之后的赋闲反思,才逐渐理解。我身上有些素质的优秀之点是受熏陶而得的。

我父亲对我的爱,有中国人父子血统的感情内涵,也有美国近代父子关系的形式。现在渐渐明白,他对我的关注是十分留意和细致的,可也是十分宽松和平等的。给了我全面的"自由",也给了不露锋芒的"教育",所以我从不惧怕父亲,常以调皮玩笑对父亲,但他告诉我的事我从未轻视。

他也常同样用幽默或含点挖苦的方式对我。现在真觉得这一种文化,也给我了些积淀。父亲对我的"成功之点"和"得意之事"通常表现得很淡然,甚至还加几句讽刺挖苦、如同玩笑的方式对待。比如,我在援外工作中获得勋章,父亲听到后只说:大概是人人都有吧?但他当晚的喜悦之情,我是感觉到的。我内心增加了成就感和上进心,但绝不敢有"自我膨胀",因为父亲的表情已给了我"限定"。

2001年4月，我荣获中华全国总工会授予的"五一劳动奖章"，因为当时小家另住，就没专门电话告诉父亲，倒是别人把劳动人民文化宫"光荣榜"上的名字和照片拍下给他。父亲竟写了一纸专门转我，现在读来，他的高兴、鼓励、幽默、教育都在其中：

劳动奖章非同一般
功劳不小荣誉甚高
个人贡献无关基因
反面作用与有荣焉

老爸 2001.5.24

前两句是鼓励，不常有当面的，这次是写来的；第三句是幽默，要撇清我的成绩与他的关系；第四句，才是真正要说的，不忘在此时警告我不要个人膨胀！有深情、有幽默、有责任的一纸"训子小文"，含有多么丰富人生内涵！

可叹！子欲谢，而亲不待。

外科医生的伤口缝合

我的父、叔均是外科医生。小学时，见爸为学生编写讲义，所画的最后的刀口缝合图示和妈妈做衣服时的缝合完全不同，就问爸为什么？爸说针线缝皮肉，摩擦力小于缝布料，断了线会滑脱好多针；外科缝合又最怕一旦偶有断线而出现大裂口，所以是每针独立打结。我想到了人们描述外伤去医院后，都说"缝了××针"，而不是说"缝了××公分"，说得真精准。

爸爸说，所以外科医生把"缝一针打个死结"的手法当基本功训练；表演给我看时，很神奇，手指的操作那么微妙。"没看清楚！请爸慢点，逐步教我。"才明白，打死扣第一道和第二道拉紧时，手法方向还是相反的。我后来就用球鞋的鞋带解开练习，只是第二道不敢拉紧，因我学的是打死扣，拉紧不好解。等我练熟后，发现了向爸调侃之处啦！我说：爸，你们缝人的刀口比我妈做衣服费线多啦，那么长的线，缝一针只留下一寸多长有用的线，而剪掉八九寸多余的线！

爸说，你见的只是缝大处的手法，做手术时内脏缝合时医生的手是进不去的，那另有一段手法，用"持针器"夹着针缝，那也很讲究；也表演给我看过，还是精妙至极！

当几十年后，我回忆这些往事时，常识中又积累了很多听到的新技术、新材料——有的伤口可用胶粘，有的是用订书机似的工具，有的线是有机材料可以被吸收的不用拆线。

外科大夫的手术真像"工匠"的作业，学工程的人听到外科大夫的知识很受启发！

协和医生洗手的故事

我读初中时,父亲在协和医院作医生。周日他总去加班,因无门诊,到处空荡荡,我就愿随他去,我做功课,还能到处玩。

在一个洗手池旁看到两件奇怪的东西,一个像个萝卜,架在盆上面的墙上,"萝卜"尾巴向下,问爸才知那是洗手液壶。那个年代,很多人还不知道肥皂,只知叫"胰子"。这种洗手设备是只在"协和"才给医生配备的先进东西。洗手液的壶,是用手心从下口向上托几下,"萝卜"尾巴就有洗手液流到手心。另一个,在洗手盆右侧墙面上还有一块小木片,上面装着一个小玻璃葫芦。小木片在墙上像没钉牢,可以随便转动。爸说那叫"砂钟",一调头,砂子往下流,从开始到流完是五分钟。医生用小刷子加洗手液刷手,要有一定的手法,要有一定消毒时间,才能彻底洗净,才能保证医生不会因手不卫生而造成病人伤口发炎,或病人被医生造成交叉感染。还说,洗手是医生的基本功,也是医德的责任心之体现。

这事,后来还另有个故事。北京市卫生局接到有人举报一名行医人员,"似为假学历的冒牌医生"。卫生局介入调查,让我父亲初步观察他像不像学过专业的。父亲好像就从洗手有无基本专业训练,得到初步看法。这就是"行家看门道"之意。协和的先进和对中国医学的提升,还真是无微不至。

现在这些用品已进入寻常百姓家了,当年还真让我开眼!

"老协和"的病例保管

协和医院和协和医学院是几十年前引自美国的先进医学、科学、管理学,并成示范的机构,对中国从文化古国向现代科学国家发展起了良好的示范作用,也建立了些优秀的传统。有一说法:"协和有三宝:专家、病案、图书馆"。我理解就是人才、档案,以及当年封闭的社会引入信息的通道和知识库。

本文只说"病案",它属"协和一宝",至今仍被肯定。听说近年还曾展览过名医当年所写的病例,当然有学习传统之意。每位病人入院,初诊的症状、诊断、治疗的内容和效果全详细记入。特别是,如神经外科手术,那必详细记录全过程,甚至有图有文。多年前影像技术还很珍贵,手绘图就是常用的。这种档案规定是"永远"保存。对每一位曾经来院的求医者都有一份,而且只有唯一的,不能重复。他(她)何时到协和体检、医疗都有记录续入。电子文件普遍应用前的年代,全留纸件,那么病案袋会越积越多,每个病案袋也会逐渐变厚,协和医院坚持病案库不断加大,早已成为壮观。

这里再说一个我看到的小知识:病案当然是编号有序地上架存放,它们又是在流动使用中,如建有病案的人来就医,挂号处就会调取其病案袋送到诊室,用完还回再上架。可想,在这大量流通中,万一有一份上架时摆错位置,那可严重了,下次将何处去寻呢?协和的办法是每层架子上满后,架面病案的袋脊组成了平齐的立面,就在这立面从左到右、从上到下用毛笔整齐地画一道大约一公分宽的斜杠，选用红、蓝、黑等常用墨水分层分色画成。那么，每个病案袋脊上都会在不同高度处有一小段色标，偶然摆错位置，立刻显露。在病案还回归位时，这色标还会为对号入位的操作提高效率。

病案保存对患者有意义，对医学科研和创新都起过重要作用，也会对医疗纠纷的判定有作用，有的还会被历史学者参阅（如孙中山先生病案）。医生书写每个病案时，对诊断、治疗、疗效的记录过程就是反思、是总结，也是医生医术进步的重要环节。

我写此随笔时，除了对协和这"一宝"的尊重和敬仰，也是对我们工程业界差距的惭愧。一个工程建成，在运行维保、能源消耗、性能衰退、曾出事故、各项花费等方面，还很欠科学量化和资料积累，还欠反思促进改进。在技术发展、创新中，我们更感很多工程的各因素要想总结和探究时，很缺可靠记录作支持，是多大的遗憾。做过了、错过了，却吸取不到足够的经验。虽然我们也有"9003质保体系"等制度的引进，但多失于不针对、不认真、不坚持，乃至效果不明显。学习"病案"的执行精神，是很值得的。

医学是对人的，发达国家的成熟经验是领先的，但这么多年发展之后，我们把这些经验用在对设备、对系统方面绝对不算过分，贯彻"精益求精"的工匠精神，必需包括认真积累资料的环节。其实产业差异化竞争、创品牌等方面，这也是切入点和取胜的赛点。

缝纫机

家用缝纫机是生活用工具，在中国曾经太普及了，甚至很长一段时间里是结婚组新家庭的必要条件。这肯定与中国人民多年经济拮据和心灵手巧勤劳有关，也与以前多子女时期的制装负担沉重有关。

我家很早就有一台缝纫机，据父母说是在旧货商店买的二手货。那应是在新中国成立前，国产品尚未发展，所以二手货多是"洋货"。这台是一架美国胜家（SINGER）牌的经典型产品。后来中国产业发展，所生产的各个品牌缝纫机基本与胜家牌相似。我小学时，母亲为我们制作、修补、改制衣服时，我看着它能转动、会跳动的部件非常兴奋，也记住了母亲为它穿线的路径，继而也记住了为它清除棉毛、线头和加油等拆装的方法，进而就替母亲做这些事，还为母亲绕制几个备用底线轴，使用缝纫机上的缠绕底线的机构也是快乐。

一次，这机器一个零件损坏，如请人来家修，要加付上门出工的费用。我就尽了很大努力拆下了此件，送出去焊好取回装上，省了钱、因"能干"受到夸奖。这些过程，使我对缝纫机的构造、调整有了进一步理解。

我参加工作后，住在单位宿舍大院，为同事们家修理调整缝纫机渐多，小有名气，甚至成为"专业垄断"，实践多，也增加些技能。一次上海一家有名的缝纫机厂来大院作售后服务和征询产品意见，师傅走了两用户家，听说我帮助大家修理过，便托人约我。我见到这位技师，攀谈了一阵，他对我有了些信任，我却向他请教了一个十分专业的知识。这位技术人员传授了我还没掌握的调整窍门，我很高兴！他走时还给了我多种小部件的备品，说："平时你就帮我们做些维保吧"。因为当时各厂的产品均仿自"胜家"牌的经典设计，每个同事家的缝纫机虽品牌不同，但修法和备件都能通用。

缝纫机跟后来我在援外建设印刷工厂时的印刷机有个共同特点，而与其他机械是不同的：大部机械（如自行车、钟表、汽车、车床等），零件之间或零部件与工件之间是"硬碰硬"的联动和驱动；而缝纫机、印刷机、纺织机之类，是"硬碰软"的，机件要处理的是线、纸张、棉纱等。不同类型的机器，使用、维保、调试都另有一番技巧，不学真不知道！我演绎："硬碰硬"的叫逻辑关系；"硬碰软"的叫概率关系。

因母亲患过中风病，有后遗症，用普通缝纫机已不方便，我为她买了一架新型的蜜蜂牌国产电动缝纫机。当时配置的控制器（为控制启、停、快、慢的脚踏部件）很原始，不耐用不可靠。我用市面可买到的处理品电工原件和手边材料，认真另做了一个完全不同型式的控制器替代。母亲使用了多年。母亲去世后，这台电动缝纫机和我做的控制器成了我的珍藏。原有那台"胜家"牌缝纫机，制造精良，反映上世纪三四十年代机械产品的特征——不惜加工量的烦琐，追求可靠、耐用，便于修理——使我敬佩。我把它送给了空调博物馆，愿为有心人贡献些知识、启发创新灵感。愿这台老缝纫机能为发扬精益求精的工匠精神再贡献余热。

身世的调侃

我的朋友们有一些稍知我家情况的，常以好意说"你是高干子弟"，可我本人怎么就无此感觉呢？细究之下，我终于明白了，本质上我就不是高干子弟，所以骨子里就没感觉，我的理由充足也易说服别人。

我父亲是个医生，是个科学家，也是中共党员，也有过些行政职务，任过九三学社主席，因而委任了"副委员长"之职；他是资深医生曾参加过重要人物的医疗诊治，为高层领导人服务，医生和服务对象本来很容易成为朋友，因此他获得了不少领袖关怀。就是如此清晰，如此明白！

问我，为什么没承父业学医呢？答案也很简单明晰，因为父亲是西医，这是学院学习的专业，我考大学可选的专业就很多；如他是个中医，那我学医的可能性会极大，因为中医有父子传承的特质。

说我是高干子弟，我说不是！理由是：我认为"高干子弟"有两个必要条件，首先家长必是高干，其次小辈需是子弟。我在我爸身边，受教育、受熏陶、受呵护很多很久，但他的职务都是医生。当他荣任副委员长时，他可谓是"高干"了，但我早已成家单过，是独立于他的人了，只是法律上的"子弟"，并无新情况下的"高干"影响，所以我竟毫无高干子弟的优点。

有人说我得到设计院院长的任命，也有因为父亲是高干之因，这是我最不愿听的说法。我骨子里的"狂妄"，反抗出另一种说法曾和我爸耍贫："您被组织考察确定任副委员长时，组织说'你儿子是设计院院长'，所以才确定的！"。我爸听后嘴角上翘，但也坦诚地说："你任院长，确实在先"。

在清华医学院成立时，我爸被聘为名誉院长，我向他作了正式的祝贺："我考入清华大学后，您追随了我四十多年，今天终于成了清华人，我欢迎您！"

好一个老清华的迎新致辞！

药房划价的奥妙

因日本侵华战争开始后,华北沦陷,"协和"关门。我们大家庭与协和医学院密切的供职关系全切断了。伯父是协和医学院儿科的前几班毕业生,诸福棠是他的学长,与另学弟共同组织了一个私立医院"北平私立儿童医院",是北京儿童医院的前身。

私立医院的收入一半靠挂号、诊费,另一大半靠药房。因而私立医院请我姑姑任大药剂师,自己人可靠,还不会违背医学道德,也不会流失利润。

我姑姑当时是未婚职业女性,在家里收入相对较高,但开销不大。我和伯父的小女儿相差几个月,她是小姐姐。姑姑很喜欢我们,发工资总给我俩买不同的玩具,还喜欢带我们去药房陪她上班。我俩在药房药柜旁玩空药盒,用复写纸画画。美好的回忆是我常想起姑姑在一个小窗口喊人交处方,而后划价、算账、配药、收费和发药的整个作业过程。

当我成年以后和姑姑聊起这些记忆时,她告诉了我一些"秘密"。她主要的工作内容还有要判断病儿家是否有钱:如果是没钱家的孩子呢,药价就会低,甚至低于成本也毫不含糊。这就是当时我伯父他们共识而确定的医德。如是有钱人家呢,姑姑说就要划高价,越有钱价越高,因为医院利润一定要取自阔人,而且阔人家吃低价药总觉得不是好药,有"使用高价药,病就好得'快'"的心理。

我问姑姑，凭什么你就知道患儿的家庭是否富裕呢？有把握吗？姑姑说有很大把握，她讲出了一套理论：从病历上看住址，就是重要信息，东西城阔，崇文宣武朝阳就差些；看衣着就更有数了，如还不清楚，从小窗口看穿什么鞋。真阔的人鞋必好；不真阔的人，再努力打扮，只能到衣着，不可能达到买好鞋的水平。

噢，我似乎明白了，北京有句俗语："脚下无鞋穷半截"，就是姑姑说的理吧。我听着真觉奇妙，姑姑又补了一条，有的"家长"穿得不阔，但我也开高价。我更莫名其妙了，姑姑说，因为我看得出来，那人是患儿家的保姆，不是母亲！

我在上世纪九十年代曾为合资药厂建厂做设计，随医药局的局长们出国考察，有一周的时间相处。从局长们那里学到了一句老年头行业中的俚语："要想发财快，除了劫道的，就是卖药的"。

可爱的大家庭

她是叔叔的女儿，比我小很多，我都上大学了，她还只是个学龄前的小女娃。因为叔叔婶婶的工作很重，她便时常由我们的奶奶带着。在老人无微不至的呵护下，她长得平和乖巧，大方而满脸阳光。她向奶奶提她的希望和要求时，总是很直接；但若不能满足，就会乖乖缩回去。

有一回，我有幸看到一个小过程的始末：真是越想越有趣，永远都不会忘记。

她跑到奶奶旁边说：奶奶，我想吃糖。奶奶还在忙手中的事，头也不抬，只回了句：你想得太多了。

多么直接的表述，"想"吃糖；多么精准的判决，"想"得太多；多么乖巧的听话，那就别"想"了；多么崇高的威望，可敬可爱的奶奶说了算！

她竟转身就跑了，毫无失望表情和再申辩的打算，乐呵呵地好像是她逗奶奶玩呢！

太和谐了，太健康了，太值得留恋了。虽然当时大家生活都比较拮据，但幸福感却这么高！

图版二

返校参加入校35周年纪念活动（1992年4月底清华校庆）

父亲九十华诞家庭合影（2007，我们夫妻，大女儿、大女婿，二女儿）

八秩夫妻合影（2019）

老北京营造业的行俗

各行各业常有自己的风俗习惯和行规。只要能不断传承，必是有合理的缘由。

新中国成立前，北京的旧式街坊中成片的四合院，新建的少，维修却是很普遍的。这些建筑，青灰平顶，瓦顶会有漏雨之患，椽子腐蚀朽损也会使屋顶凹陷、裂缝、存水、渗漏。当年私人房主很注意及时维修，因小修不及时，会酿成更费钱的大毛病。

营造业多在雨季前承接屋顶的维修保养。街坊中，在早上上工时和午饭后上工时，常听到工头高喊："上房喽！"声大，拉长音，这也是我童年留下的市井印象。当时还以为是像我们学校老师喊集合的作用，让师傅们开始干活呢。当我也入建筑行之后，听老工匠们说才知，这是为告诫邻居们的"不侵犯私密权的声明"。老工匠说，当年条件简陋，厕所是院中"茅房"，上有透气窗、下有门，对院内人是有遮挡的，而在房上会因透气开窗有通视。再者，没有浴室的年代，男人们多是去社会澡堂洗浴；妇女们则多在院中男人们都外出工作之时，烧水在屋内洗浴。春夏季为了透气，高窗开着，也会使屋顶上的工人尴尬。所以，这"不显山露水"的风俗是起提示作用的。

在较大翻建工程或增建工程的院落，承包的营造厂工人进驻时，常自带厨师起火做饭；特别是有木工活时，木渣刨花足够做柴。

当时行业的规矩是，营造厂老板对工人"管饭"，就是"供饭管饱"的意思。那些厨师做饭，每顿的量都会剩余，老板会查问。其实厨师非常有经验，如果有个别工人师傅吃着说不够，饭食却已没有了，行规就是厨师要立即起身再做。做好后，所有的工人都会随之再添加，反倒消耗更多。有经验的厨师让每餐都有余量，就是应对这规律。而且他们会把余物在下顿饭中用掉。比如上顿剩的面条，下顿一起煮进粥里。那时贫穷的现实、节俭的作风、老板的"管饱"，让厨师们的聪明形成了这个行俗。

学做箱子

年轻时碰上了物资匮乏的年代,买个衣箱要"家具票",就是凭分配额购买。家里有点旧木板,学生又应多动手,我又有匠人兴趣,于是决定利用零星时间动手做一个卧式长方体的木箱。

设想的箱子,其实就是一个箱体加一个盖。箱体是四周边板加个底板,上盖与箱体用"合页"联结,不就成个卧式翻盖的箱子了吗? 其实从理论上说,只要分别做四边形的柜体和上下盖板,然后组合就可以了。做的时候,短板、长板分别等长,形成的四边形,保证各交接处是直角,就绝对合格。要做到四角都是直角,也只要四边形两对角线等长不就保证了吗? 于是,我用胶、用钉组合,校准后静置。待胶干、固定后,盖底一对装,啊? 不理想! 总有对不齐的感觉。

那么清楚简单的几何学原理,怎么就不理想呢? 我跑到家具店去看商品,每个衣箱盖和箱体都是四周精密合缝的,它们怎么那么精准呢? 我真笨! 请教吧! 找机会问了位木工师傅,人家哈哈一笑,说:你那样做,能合缝真是太难了。我们是连盖带箱体整体做的,装上盖板和底板成空心长六面体;胶干定型后,才后分成盖和箱体,然后再装上牙口条装上"合页",怎么会不准? 连木纹都是连续的,本来各面就是一体的呀!

聪明、智慧、能干、巧妙,夸什么都不为过,我服了,使我心服的收获远大于"学会做箱子"。这就是实践出真知,这就是理论和实践的差距!

老先生的安全意识

有位资深的老工程师，由于年长，旧社会的经历使他有很多社会经验。有时我们晚辈会觉得他有些"过分"，但我想还应尊重、理解。以一故事为例吧。

我和那位专家一同出差，他是退休发余热阶段，我是在职，因而去机场的交通有不同的制度，他可打出租车去，而后报销；我是可有公车送。当然我就约他，去他家接上一起去机场，多次如是。

一次近春节期间，我去他楼门下街边等候，等来的却是他夫人提着他出差的小箱来到车边。我接过小箱问专家呢？她说就会下来。几分钟后专家才来，我就问：您有什么事不能及时下来，还请夫人先来？他说：没事，我们楼中杂人多，如果我提箱下来，会让人知这家男人出差了。正是春节前小偷、小盗较多，容易对家庭不安全。我要她送箱子，我好空手而出，别人看着就不像出差。

哈！心思周密，笃信应费点事图个安全，防个万一，虽起作用概率不高，也是值得。

我可能不会学习专家的具体做法，我倒要学他对安全设防的周密思维。做个工程师，这种学习也会用在专业设计工作中。

精细的上海主妇

"文革"前,百姓生活支出大多较紧迫。但人们收入差别很小,居民生活水平的提升主要是靠勤俭持家的努力,才能有改善生活的筹划,因总能大体如愿,所以人们的幸福感并不低。

我大学毕业一两年后,有了从学生转为工作人员新添的小尊严。母亲也帮我考虑,置办一两件适合参加较正式活动的"出客"服装。当时商品服务有两种档次:大众的,卖各种蓝布制服和军装式的草绿色布服;高档的,则卖毛料的中山装、毛呢的大衣等。

当时购料定制者或家有老旧服装可改造者,找手工作坊量身定制的人很多。大小裁缝铺很普遍,他们收的手工费不高,很受广大市民的欢迎。与之相应,大型商店和合作社(当时的一种综合商场的名称)中,销售服装用料的部门十分繁荣。商店服务水平数上海最享盛誉,品种丰富、服务周到。

一次,我出差上海,母亲说"到上海大商场买一块好点裤料,回来做一条能保持裤线的西裤。现在时兴的是毛涤,你做西裤买1.1米就好"。

工作之余去买裤料,色彩并不多,流行的更趋一致,问了价格就说要1.1米。柜台外一位中年妇女主动当参谋,向售货员借软尺,蹲下量我裤长,告我你买1.0米"笃定"够了。我说我喜欢稍长点,她说那也够了。我想,我妈说1.1米,而且北京裁缝比不了上海裁缝的手艺，万一不善排料，使裤子稍短，何必因省小钱而留憾呢，说"就量 1.1 米吧"。料子剪下后，那妇女让售货员量一量剩下的余料多长，那售货员量后说"0.6 米"。那妇女便对我抱怨起来，说她早就知道这段料子是 1.7 米，特意等在这里，有人如买 1.0 米，剩下 0.7 米给我女儿做个裙子正好。我有点莫名其妙，问：那你为什么不先买走 0.7 米呢？她说：你不懂呀！我买 0.7 米是全价，如果你剩 0.7 米（少于 1.0 米）就按"零头"买下了，规矩是六折的价格。

  好周到的上海商业，好精明的持家主妇，我挨了"数落"却添了知识。我尊敬她的精神，为改善生活用足制度，并没违规，活得精细、耐心！

劳动者最聪明

下放到干校劳动锻炼,被分到卡车、拖拉机队的司机班劳动。在繁忙的季节,人手紧张,有时司机去买建材只好一人一卡车去办,因为集镇的建材市场有花小费代装车的业务。

一次为建房,要买毛竹,去90里外的集镇,我一人开了一辆解放卡车就去了。买好后装车,200根毛竹,都是四五厘米直径,7米左右长。装货的很内行,帮我装好车,前端伸出驾驶楼顶,架在专有的横杠上,后端架在后槽挡板的上沿,加绳紧捆两道,还用短棒"打镖"。一切妥当后已是下午四五点的光景了,我起步开车返回。

那条山路很少有车,也见不到老乡,路面已"搓板化",我稳住心绪,慢慢应对。走了不到半程,听到车后好像有人跟着"扫地",而且一直跟着,我从后视镜看,并不见有别的车和人。我有点担心,还是继续开了几公里,"扫地"声音越来越大,便停车检查。

下车后才发现,车上的竹梱后滑了,尾端已触地了!如解开重新装,我一人是不可能完成的,万一把竹排滑落散开难以收拾了。急中生智,我有了主意,开车前行,找了一个山廻路转处,车尾对上了一个土岗,停车,然后爬上后槽松开"绳镖",再爬回司机室,慢慢倒车,把竹排"顶"复位,然后停车,再爬回后槽重新"打镖"。哈!又上了回家之路。走了几十公里,又照样再干了一次,终于回到校部，洗澡睡觉，我还在后怕！

  另一次，为了特殊用途，让我先去邻城买几千斤人造冰块装在车槽内拉回。冰块体积多为半立方米左右，装了两层车槽占满八成。拉回后，连队劳动大军都忙别的去了，竟喊不到人，我得卸了车赶去再拉别的，又是一着急，就生智。

  我把车倒在这广场一棵大树前，把后槽栏板打开，用随车的大绳套住整车的冰块，另一端捆在树上，我向前开车，只走几米，冰块全部落地，卸车全部完成，收拾绳子，关好栏板，又去执行新任务了。

  "劳动者最聪明！"知识分子只要劳动，也能长聪明啊！

行行有学问

勤于思考、善于思考,是优良的作风,如果养成习惯就成了好的品质,会一生受益。问题如果多与工作有关,属敬业;如果多与常识有关,就属好学;如果和各种事情有关,就是乐于探究。总之,都应算优点。

有两个我多年不忘的故事。

一个是在北京人民艺术剧院,那里是北京的"市宝",大作家、大导演、名演员、专业职工,都太有文化了,各司其职均有高度。有一种职务,称为"司幕",就是演出剧目操作开闭大幕的人。从专业要求说,开幕,应按时与舞台布景师、灯光师配合好,台面演员都到位,即应将幕拉开;而闭幕,则必须准确适时,稍早,会让某些角度的观众没看到演员的最后造型,稍晚,会使演员幕间的跑台,或各种紧张作业暴露于幕布之缝。这些配合都要排练,"司幕"要相当敬业才能圆满完成工作。

而人艺的"司幕员",曾有过超常规的操作:一次某个剧目排演时,当大幕应闭时,他缓缓把幕闭了一半,干脆地停顿了一秒钟,而后急速全闭。这样处理,多么结合剧情,多么精彩,多么吻合观众的心绪,简直就像交响乐的指挥在曲尾那逐渐扬高的指挥棒,在最高点处突然画圈乐止。这位"司幕"当然会被导演夸奖感谢,剧院刊物上也介绍了这个故事。这使我受益匪浅,这正是在岗位中勤于思考的结果。

另一难忘的情节是多次参加大会察觉过的。重要会议，习惯要给与会者尤其是嘉宾供茶，而且会议中，是一定要用开水续杯，这与国外"按顿"供应茶饮不同，所以茶水服务员培训绝对无外国经验可借鉴。会议中的冲茶礼节，必含有表示尊重的文化，有很多讲究。比如续水只能加到七成杯满，历来培训标准就是这么要求。

但是善于思考的服务员在长期工作中发现，与会的客人们饮茶习惯并不相同，有人喝茶多有人喝茶少，那么她们的敬业表现在哪里呢？她们是这么处理的：给饮茶量小的客人续杯时，是把水添到七成杯满；而对用茶量大的客人，就把水添到八九成杯满。这个变通，既不必增加总添水次数，又能使喝茶量大的客人放心受用。哪会发生对服务员不懂规矩的误解？

勤于思考的良好素质对人的一生作用巨大。注重专业培训，又不囿于规范化操作，才能创新和进步。工作中勤于思考的动力就是想要把工作今天比昨天做得更好。对子女、对学生，应尽早培养"勤于思考"的习惯，必会使其受用终生。

图版三

天坛留影（1958）

初中生（1955）

与叔叔吴蔚然

业余活动（1960）

练习弹钢琴(1960)

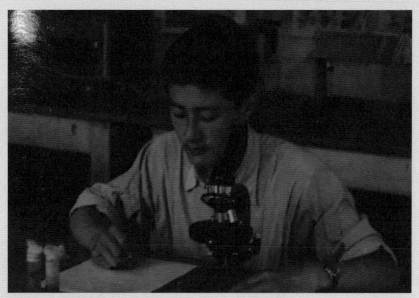

中学生物组活动（1955）

清华宿舍晚自习（1958）

与父母、贾靳民在颐和园（1962）

修冰箱

在地拉那作援外专家时，使馆的各项修理任务常找我干。其中有接近我专业的，也有属于我业余爱好的，干得不亦乐乎。

使馆每年"八一"招待会，厨师们做中式佳肴款待客人，其中有道重点热菜"葱烧海参"是保留项目。厨师们一定提前几天精心泡发干海参，放冰箱保存，到宴会日现烧上席。

那天，海参刚发好，冰箱就出问题了，急坏了大厨。如果海参变质，再重新发就来不及了！

使馆找我过去后，检查发现是意大利冰柜的温控器彻底烧损，便拆下温控器，抄明品牌型号；使馆遂发电传给意大利中国使馆托买，安排明天中航飞机带来。冰箱保冷到明天当毫无问题。次日，我下班直接去使馆，准备安装新配件。一问才知，订货不顺利，意大利国内正在大罢工，买不到配件，计划全吹！厨师更加着急。我临时改接一个手动电门，启停制冷机，代替温度自控，由人工掌握。接好后，厨师大悦，总算能解决问题。

过后零件运到，我又去装好，使冰箱功能全部正常。厨师们对我格外厚爱，周末去使馆看电影，他们见到我，总要塞给我点礼物，都是我们在专家餐厅吃西餐时的最爱，有时是一瓶酱油，有时一桶味精，有时一包花生米，有时一包榨菜！

外国友人难译《红楼梦》

为援外工程,在阿尔巴尼亚国首都地拉那工作了近三年,交了不少外国友人。有位在中国学习中文多年的外国朋友,已居高职,可称中文通了。他读过中国古典名著《红楼梦》,觉得精彩,萌发了译成阿文的雄心。为此再细读之,查阅参考书、字典、词典,从读者转入了译者角色;不久发现很多内容无法弄懂、无处查到、无法进展,就来中国专家招待所,找中国朋友研讨。

找到了我,第一二次研讨的是些小事,比如刘姥姥在贾母面前,什么是"尖着屁股坐"等;后来讨论到王熙凤说"给个棒槌就当针纫"是什么意思?好家伙,此句太绝了,怎么查也不懂。我说:哈,这得绕三个弯。第一,棒槌是洗衣用的木棒,一头粗一头细,一尺多长,只是外形有点像缝衣服的针,但它没有穿线孔,这点完全不像缝衣针;第二,缝衣针穿上线的过程,中文有称"纫针"的;第三,"纫针"与"认真"谐音,可巧妙地互引。所以,"给个棒槌,我就傻乎乎认为是针,也就憨厚地去纫针(穿线),当然必失败"。也就是,王熙凤是说"我太傻、太实在、太憨厚、太认真,总是上当受骗"之意。

他听懂了这句话的故事,也懂了学过中文的外国人要翻译中国《红楼梦》,知识还相差太远,竟然决定"知难而退"了。我感到抱歉,也认定他是务实的,暗庆,如继续几次研讨,我答不出的部分太多,他必认为我是中国的文盲啦!

拆烟囱

四十多年前在国外援建工程时，某次要腾空一片建设场地，场地边上有一个废弃的砖制烟囱，需要拆除。对方工人上到烟囱顶，系上安全带，用镐拆砖，从烟囱中心扔下，随拆随扔；过了半天，上面暂停，工人从烟囱下部出灰口清理出砖，而后再上去又开始拆砖。40米高的烟囱，这样拆，算来拆完大约需要一个多月。因工期太紧张，作为中国专家的我就开始介入。

我把在秦皇岛学到的工匠们的高招施展了出来，教工人们在烟囱下部离地一米多高的方便之处先凿出一个方洞，穿透烟囱壁，而后在洞内紧塞上一段大小合适的方枕木；然后，在同一高度间隔一段又打了一个这样的方洞，再塞上枕木；直到烟囱大半个周圈都这样处理了。我们再用大电钻在枕木上随意打出孔洞，灌入燃油，点火开始烧枕木。几个小时后，枕木从着火到阴燃，最终基本碳化了，完全丧失了支撑力，烟囱瞬时倒地，而且是倒在了我们期望的方向——原来我们选定凿洞那一侧，就是我们期望烟囱倒地的方向。这与近代发展的定向爆破同理，中国的工匠真棒！

两天后，卡车、抓斗车把残砖废料全部清理完毕。我们用这个高招，轻松、高速、廉价地完成了任务。

因此得到了外国工程师和工人们好一通赞扬，其实，我全是沾了中国历代工匠智慧的光，挺不好意思的！

唬住外国工长

在国外援建工厂，车间空调风管是连成系统的：分段制管，从两端安装，为此常会要做成"S"形，才能对接；把车间内宽敞之处作为管道的"碰头"点。

一次快下班了，外方钣金工长来到专家办公室，请我去现场指导。他是位老钣金工，技术相对最高，为人很友好，很有欧洲工人大叔的"范儿"。我们已共同工作了一段时间，做方风管、咬口弯头、法兰接头都干得很漂亮。

这次请我去现场，就是要指导碰头管段的制作。我们量测了两端的间距、水平错位及垂直错位，校对了法兰垂度。

这是圆风管，要做一段俗称"鹅头弯"的"S"形管段。圆形风管做弧弯，是要做成很多段侧面似扇形的圆管拼接，俗称"虾米腰"的做法。在铁皮上要画出像一段虾皮的展开图，在整张铁皮上还要合理排料，浪费最少才算合格的工作。

在行业内，这是高级工才能做的事。其实它的基础是投影几何的展开图理论。这些工作受援国的工长们是很少能做到的。晚上我做了套指导图准备第二天交给他。为做这指导图，我竟作废了几张草图，其实是推导、温习了投影几何学，又根据实际情况调整了虾米腰的恰当分段，才做成最后指导图成品。

第二天，到了钣金工房，想把指导图交给他。没想到，他们在画线平台上放了铁皮，上边放了钢尺、角尺、圆规、划针等工具，还在画线台前放了张椅子。这是打破常规的情景，我一看明白了，工长无论是谦虚还是心虚，根本就没想让我教他，而是直接就让我干。

我的那份指导图放在口袋中，并未碰它，只用记忆中的一切，下手就干，步步到位，一气呵成，共三张铁皮全画齐。大家齐上阵，开剪、拍边、咬口，一切稳妥。他们全部放心接手了，我就拜托后告别，回办公室了。

快到中午，工长来说做成了，咱们去看看。我和他同去安装现场，只见外国工友们正支两个梯子举上去，塞到管段空当，左、右、上、下，可称"严丝合缝"，一片叫好！这是他们民族式的热情！我也十分露脸！还听到那两个青工偷偷私语"咱们师傅也不会吧？"

我想到演艺界常说的一句话：要想人前显贵，必须人后受罪。我"唬人"之处就在他们只见到了"人前显贵"部分，以为我"人后不必受罪"！

工具要"露头"

在工程界，匠人们是我情有独钟的群体。我从他们那里学习、体会、继承到大量的智慧，既有享受，又有受益终生的具体技巧，还有哲理性的启发。有件小事，与大家分享。

在维修或安装等操作时，常有不同位置的作业，比如吊顶内、柜顶上、地沟中、设备旁等，总要带着工具去干，随手把不用的工具放下，师傅说："所有放下的工具都必须'露头'才不会丢失，才安全"。因为干活时，放下，就在手边；干完活，离开地方了，工具就不在视野中了，怎么能保证不忘呢？特别是梯子上的工具，如忘了，搬梯子时落下还会砸人。所谓"露头"，就是要让它们有一部分露出来，当你干完活了，回头看时，应能看到工具的所在。

这个习惯，对于有些常乱放东西、因找东西浪费时间的人也是个提示：你浪费时间，不是因你记性不够，而是因你放东西时没合理的规矩。

在作援外工程时，我把中国老师傅们的智慧传给了外国工人，他们都很珍惜。咱们的同胞千万别失传了！

图版四

北京"中国人民抗日战争纪念雕塑公园"留念(2002)

参观巴黎凡尔赛宫（1997）

在广东中山考察（2002）

1995 年留影

酒店的双手纸架

在改革开放初期，出国考察入住酒店客房，很奇怪卫生间坐便器旁设有两个手纸架。难道供应两种不同的手纸？仔细一看并不是，决定再观察观察。

住了几天，我终于体察明白了。宾馆客房服务员一天全面打扫房间一次，添足供应品，为客人的生活需求做够准备。手纸架上的纸用剩半筒，服务员往往在"马上换新"还是"等明天再换"之间纠结。若不换，会造成客人不够用，这很不应该；如果换装一个新的，换下的半筒旧的，就不能再用，造成浪费。类似情况，国内饭店也一样。我观察，国内的解决办法通常是在坐便器水箱盖上，再放一筒新手纸备用，也算在实践中逼出来的不得已而为之的办法。

成熟的酒店，就有成熟的高明。他们知道若把更换手纸筒的工作留给客人去做，是服务的不到位。现在想出了设双手纸架的好办法，服务员仅需把空筒更换，客人一天有一筒半备用绝对够，服务到位了。

当我体察到这个办法的高明，也算出国考察的一个实惠收获。国内一位做酒店经理的老朋友约我讨论重新装修客房的事，我赶快把这个见识告诉他。他哈哈大笑，连声说：太好了！太好了！拉起我到一个楼层的服务间，开门向里一指，竟然是堆积了半间房的半筒手纸。我也哈哈大笑起来。

我分享了聪明人之聪明，有时也奇怪，有的聪明人为什么不聪明呢？还以酒店的事为例吧，供给的沐浴液、洗发液、护发液、护肤液，品种那么齐全、功能那么分明，但标注功能的字那么小，而品牌标志却那么大！难道就不知入浴的客人，如果是戴眼镜的人或长者，这会带来分辨困难吗。

　　可能还是胡适先生说得对：异常聪明的糊涂人很少，异常糊涂的聪明人很多。

日本公私分明管理清晰的小事

当年，与日本清水建设株式会社合作设计，曾到他们位于东京的设计本部工作过几个月。在设计师们的大小办公室中，我遇到一些小事，从中体会到了他们管理上的公私分明和人们的自觉遵守。

当设计工作完成了一些计算后，要画草图了，我去找行政管理女士要自动铅笔，她礼貌地说："对不起，没有"，就没领到。我回去问邻座的日本工程师，他说："是呀！株式会社是不提供铅笔的"。我就问：那你用的呢？他说是自己买的。我还有点疑惑，不是为了工作才用的吗？他看出我的疑惑，他说："是，忘记告诉你了，铅芯是供给的。"大概是看我还满脸迷惑，他又补充了一句"铅笔不是拿在你手里的吗？铅芯不是抹在图纸上了吗？"。这是他给我解释这种规定的合理性，他又说，"你每天上下班看的手表不也是自己买的吗？"哈哈，好像很有理！可是我主要的感觉倒是他们执行得那么自然，那么习惯！

办公室还有一个咖啡角，有咖啡机、糖、奶、杯盘等，需要时自助取用。但是旁边放了一个纸盒，谁喝一杯就放一个硬币。我每天还记着带点硬币上班。有时也见盒里有纸币，完全没有人管理钱款，而补充物品和洗杯盘有人管。

办公室每桌都有电话，可接内外线，工作沟通使用方便，甚至隔排座位的工程师问个数据也用电话；但楼下有个投币电话，工程师们告诉家里晚上几点回家等事,一定是下楼用投币电话。

我佩服他们公私分明的规定,也尊重日本同事们的自然、认真和持久地执行,很愿意向他们学习。

院长的智慧

在国外访问期间,曾请教过一位科学院院长,"您怎么组织单位的高级科技工作者的创新工作?"他用自谦、幽默兼调侃式的回答:"我们有个'星期四沙龙',设在咖啡厅,供顶级科学家每周四下午活动。他们随意、自愿地到访,坐坐、聊聊、侃侃、乐乐、来来、去去。等他们都回家吃晚饭了,我就去咖啡厅结账。这就是我唯一的任务"。

呀!太高了!太深了!我被醍醐灌顶了!

"创新""安身"于有巨量专业沉积的高级科技人员的脑子里,"产生"于思想的碰撞,"发芽"于业务板块的接缝处,"长成"于高级科技工作者领导的团队之合作中!

这位科学院的院长高明就在于,不出题、不组织、不引导,所以能创新、能闪光。团队的合作在闪光之后,科学家们自己就积极组织了。

我认为,他只是谦虚地简略了一个重要的方面——那就是科学家们需要他某种支持时,这个可敬的老头怎会不全力以赴呢?

大城市停车的小故事

布达佩斯路边停放着很多小汽车。有不少斜插在路边乔木绿带的树木之间。也真不错，既不影响主道行车，也算能解决些问题。

回到北京，便想都是古城，面对保护与发展的矛盾也有相似之处，"他山之石，可以攻玉"，我们可以参考布达佩斯的做法，植乔木的间距最好也兼顾考虑，取8.1米至8.4米，每档可放三辆车。这样是停车数量较多的优化策略。

上世纪90年代，在巴黎又见一个情况：路边顺排停车真密集，有位女士取车开出，倒车时竟碰到了后车；再进时又轻碰了前车，两退两进，把车开出。我觉得很奇怪。一请教，才知道当地的民俗就是如此，平地停车一律放空挡，不拉手刹，就是为适应前后轻碰的。真有道理，存取车用这办法至少可减少一次进退，也是减排，而且司机多省心。体会之后再留心观察巴黎的小汽车前后"保险杠"很少有漆饰的，均是本色"SMC"材料直露，有弹性，不怕轻碰。

大城市停车这么多、这么难，我突发奇想，设计了一个装置帮助停车。把这想法讲给我的忘年老友华揽洪建筑大师，他热心而兴奋地说："你画图写说明，我翻译成法文并出钱申请专利去！"。我尊敬的大师当时已八十多岁，一位专家，哪能有空有钱为我玩这个，最终我也什么都没做。至今只留下了对华老的崇敬和对这创意的回味。

中式家具的小改进

我喜爱中式古典家具，材质用花梨、紫檀，式样简约流畅，做法含榫卯碰头，都有爱不释手的体验。

当我自己家要添置家具时，花梨、檀木等真材实料已不是寻常百姓能享用的稀缺品了，高档家具也不属于工薪阶层可及，所以我只是追求式样和做工。式样除艺术性外，尺寸、格局、功能，是我设计的，做工和技法是我愿选择和参与确定的。

相比，如果花重金购买一两件高档家具，其实也是仿制的古董，对我并不值得。我决定，既然添置家具是为实用，材质就采用干老榆木，形式选用仿明式并加自己的设计，构造尽量传承明、清工法，外加一些改进。

书柜内部尺寸符合现代书本画册规格，而且存书量最优化；写字台抽屉最便于使用，A4文件方便平放，大三角板、直尺也有处容纳；文物柜、酒柜可通用，采用了可调间隔，隔板采用厚钢化玻璃板；餐台适合中餐或西餐，餐边台、床头柜、五屉柜，尺寸符合室内布置；龙门式挂衣架和下面的换鞋用条凳，可分可合；平板电视支架可组合机顶盒隔板……总之，是自己满意的。

在设计条案的台面时，我是按一般做法，加了一项有意义的改进，甚为得意。我参观故宫、游览颐和园等时，看到古家具，发现都有个缺点。这次向老师傅提出了我的"改进"想法，得到了他的理解支持和赞扬。

传统做法是：高级条案面板用厚的长木板做成，宽向可根据材料，两拼或者三拼，长向拼缝作企口，长缝隙即便胀缩但绝无透缝，两端用厚横木封头，四角就是横竖木板切成45度的对接处。我想到这里边的缺点是：条案桌面等这种方形或矩形木器四角本是最重要处，却是对角的拼缝，又是45度的锐角，易变形、较薄弱，会"张嘴"；条案或桌面如不用时立起存放地面，四角因单薄，最容易受潮受损。参观故宫、颐和园古旧家具就常见这情景。

我的改进办法很简单，跟木工师傅商量，做条案封头时，做法基本如旧，只是端板木料做宽一公分左右。这一公分在封头两端，成为条案的角，退一二公分处，才开始成45度的拼接缝。这样，斜接缝在长边上的离开拐角一二公分处斜入，躲过了条案的四角。

师傅说：真是个大进步。我说：咱两个如果在紫禁城造办处当匠人，凭着这构思能得到乾隆爷赏银吧？师傅说：一定！一定！

各得其所

改革开放的早期,北京开始兴建超高层建筑。当时北京规划限高条件有了稍许灵活性,但审批严格。

中国国际大厦的兴建是我国较早的,也是当时自行设计的北京最高的一项超高建筑,项目的董事长是知名的荣毅仁先生。当我们方案进行到一定程度,荣先生就请当时北京主管城建的张百发常务副市长组织审批会。会上设计院汇报了方案的各种技术情况后,市政各管理部门汇报了相关的对应方案,使建筑设计方案基本落实。张市长最后说:可以批准吧!请荣先生派人具体办理各项手续。荣先生高兴地道了谢,又说:请张市长帮个忙,既然我们的楼高度已达可能的极限,就别再批准别人建这么高或更高的楼了,让我们的楼作为最高吧。市长笑诺:好!好!

不久,同样重要的人物王光英先生也要建一高楼即京广大厦,审批中也同样向张市长提出希望是京城最高的楼。我听着张市长也允诺了。

我等待着这对矛盾如何揭晓。结果真是太神奇啦!竟然是荣先生的楼,高度高了一点,而王先生的楼,层数多了一层儿!哈哈,真是各得其所,皆大欢喜!

难道两位精明的董事长会不明白吗?当然全明白,张市长送给他们两位的都是:"你的楼是北京最高"的说法。他们两位都可以用此来对外宣传，在社会中传扬自己产业的精彩！

　　这件事的处理，让我体会"各得其所"的哲理。博弈并不一定是对立的和排他的，高明在于寻找"各得"。

　　在这场博弈后，两位知名人士的友谊和事业，又都有大发展。"高明的市长"和"市长的高明"，尽存我的心底。

图版五

在国际会议上发言（2000）

与叶选基合影(1989)

与清水建设合作设计项目日方技术人员合影（1985）

在日本与清水建设合作设计时留影（壹）（1985）

在日本与清水建设合作设计时留影（贰）（1985）

在法国考察晚宴留影（1990）

在欧洲考察（1994）

在工地现场（1992）

参观"南昌小平小道陈列馆"(1996)

在瑞士考察工地(1997)

与马国馨（左一）等同仁（1995）

在欧洲考察（1997）

荣获"全国五一劳动奖章",颁奖现场留影(2001)

与叔叔吴蔚然出席在人民大会堂举办的吴阶平院士从医 60 周年庆祝大会（2002）

与汪光焘同志合影（2010）

与张百发（右三）等同志合影（2010）

参加清华文体校友联欢会与叶如棠同志（左三）等合影（2010）

"忙"的缓解

工作者、领导者、干部、高校教师们等，常抱怨任领导职位后每天忙得很，有的说没有自己的时间了，有的说忙于烦琐工作弄的竟没有时间想事了。其实正是没思考，所以忙得没有时间了。只要不是生产线的岗位工，或某些服务业工作者之类可称"身不由己"外，多方面的领导工作却是能主动缓解"太忙"的现象。

人们忙过之后，应该思考：为什么忙？也就是忙了些什么？忙得对不对？忙得有益工作吗？怎么才能少忙点？我归纳了主要的几点。

一、很多事不该管

从院总工程师突然"提升"为院长，管院的全局，很多事我根本不懂，得向下级学习。在没学懂前，因不会管就不能管、不该管、绝不可瞎管。

二、很多事不必管

有的单位，很多日常小事并无"是非"之区别，是见仁见智的。如果这些小事都管，常是因为升职了，自己思想膨胀了，误以为自己什么都高明，以为自己的好恶就是真理。别人因为自己絮叨，反而工作不主动了，请示越来越多，怎能不忙呢？放手吧！要相信下级，他们才会更努力。发现问题时，只需稍提示一下，下级分管者多会自觉地改进了，千万别操心小事，应多依靠群众。

三、下级能处理的事都不必亲为

比如接待一些客人，为别人办些事，只应分派下级去办好。为什么还亲自花时间出面呢？自省：警惕自己有"要人缘、要面子、要别人感谢"的自私心理作怪。常规的事不管，下级会管。自己插手，虽也许能更细致、更周到些，但下级反会放弃了主动思考，对工作总体得不偿失。

四、非常规的事与下级一起管

非常规的事，领导应管；但一定要与分管的下级人员一起研究，既避免因自己外行犯官僚主义，更可与下级沟通各种非常规事的处理原则。非常规的事，就会在自己面前越来越少。

五、自己已有决策的事，不开"假研讨会"

领导者本人有决策权的事，认真考虑后有了确定方案，绝不再召开"假研讨会"，摆个民主架势走个过场。有必要时，只开会阐明决定而已，如顺便征集到补充意见也很好。不自欺欺人地演"过场戏"，这既不道德，又给大家添忙，还会损失自己威信。

六、应对上级的指令，从实效考虑敢于变通执行

上级常通知单位"一把手"去参会，布置某项工作。其实指派分管此事的下级去更直接有效，不会因"一把手"转达而把上级部署打折扣，因我不如他了解细节，常会遗漏。只要我真重视，很支持此工作就好。深想，此情况有时也含个别上级领导者"派头大、架子大"的习惯所致。我只要周到地处理、打好招呼，说明我们一定重视、做好工作，常常也能得到上级的理解，不属犯上。

七、遇特殊事情务必分清"共性"事与"个性"事

复杂事向简单化努力。大家都知道遇共性事，求公道、周到、公平；遇个性事，求果断、求快了结，基本不错就行。分明是个案，却按共案来处理，研讨、论证、核算，投入力量过多是常见的偏颇，

浪费了自己和大家的精力时间。添了忙，却毫无意义。

八、该办的事不拖拉

该自己办的事，争取及时处理掉，并且要办得彻底。该回复的就回复，结论果断，不留尾巴。有人常把不急的事放着，还得总记着，很累心。还造成最后逼近时赶忙办，会觉手忙脚乱，增加了"忙"。对于不能满足对方的事，应该当即直说，了结清楚，也使对方不留无望的念想，才更道德些。

曾学到一位大学者、领导者的好办法，他告诉秘书，工作日每天下班前一小时内不接待客人、不接电话，也不要来打搅，只闭门工作、思考问题。咱们也要学他的工作精髓，每天一定要安排一个"想事"的环节。农民谚语"磨刀不误砍柴工"，不正是此理吗？

想事，想什么呢？就想今天都干什么了，哪些基本不该干，哪些怎么能干得更好；对下级还应给哪些指导和帮助，处事中哪件事伤害了谁，该怎么弥补；还有哪些事似是而非，就去查书，学习而充实思想等等；再想国家大事什么与我们有直接关系，工作中的远虑在哪？还应想我有什么心得可供别人分享？或还要再探究，就先做个记录，等等。

久之，工作逐渐自如了，质量和品位提高了，琐事减少了，失礼、不到位的事修补了，下属们工作主动性提高了，大方向有底了，时间宽裕了，调研环节能更多了，威信还提高了，心情松弛而更快乐啦，对同志和善了，对家里人更亲密了。

过多的应酬之累，正被中央纠正，也是我们缓解忙的极好外部条件，十分可喜！

缓解自己的忙，我有了些认识，虽并没真做够，但也属真情实感，愿与朋友分享、共同进步。

领导者

一个部门、一个单位,都会有个领导者。我也曾被任命为单位的领导者。因为是"一把手",所以在单位之内,我就再找不到我的领导者,甚感诚惶诚恐,因此学习怎么做领导者的需求就很迫切。

在收集、思考学习做领导者的过程有些收获,记录一些供有同样需要者指正、分享。

一、领导者和全体被领导者实质是分工、分职的区别

上级人事部门的决定,一般是可信的,所以确定的人选综合素质不会太低。领导者如是第一把手,在本范围内,其实也是有领导他的,那就是领导集体。不能把自己凌驾于领导集体之上,也不能在组织领导集体决策重大事务时,用自己的权威性简单粗暴走过场。近年这种情况已成不正之风,领导者和领导集体的成员都必须自觉努力地克服。

二、领导者面对的事务很多是外行

领导者的人选、任命,希望是业务内行;但实质上,任何一个领导者其实更多的方面不是真内行。梅兰芳大师曾说过,大意是:我是京剧演员,所以作京剧院院长是内行领导者;其实,我只是京剧青衣演员,对花脸、武生也算外行。他谈得情之切切,却理之深深,这个感悟对于领导者有重要意义。

三、别乱指挥

因为是领导者，别人会服从，会表现得谦卑，连不悦多不敢流露。领导者，首先不必大小事都管、都说、都指示、都指责，特别是无关大局的、难论对错的、见仁见智、有争议的琐事。别人摆花你也说，别人开电脑放PPT你也支招，司机开车怎么走你也做主。这正说明你出现了领导者的张狂症，有好为人师的作风，脱离群众的苗头，必有降低威信之趋势。

四、领导者推进各种工作的方法

因为领导者有负责全局工作的责任，观察各方面、指导各方面，所以发现问题的机会最多，根据单位总体发展思路，发觉不足也更尖锐。前面说，领导者别乱指挥各方面的小事，可是领导者必须明白，要择重要的、有代表性的问题与执行者平等讨论。这一定会明显、有效而彻底地推进改善，还能产生逐渐带动大多数同仁自觉改进工作的良好风气。

"爱干的"和"该干的"

一个团队,不论大小,总有个领导者。第一领导者个人爱好常会影响团队的文化和风格。所以第一领导的更替,团队的风格也会转变,常不是连续、一贯的。国有企业、机关单位领导更替会频繁和突然些,团队风格的发展就会觉得没根据和波动。

第一领导者,应首先自省:自己的爱好,什么带入团队有意义的、什么是不必带入的、什么是不应带入的。这样才能使团队的风格不断提升,优良作风积淀成传统。

第一领导,接任后还必须自省新职中哪些是该干的;该干的就必须要干,不管爱干和不爱干。这一点,其实是最重要的,甚至选拔干部的上级应着重考察、辨明。可惜的是,常见不少团队的领导的缺点是"多干爱干的",不管对团队有无好处、有无必要;"不干不爱干的",造成团队事业的损失。

私企老板也属团队的领导,常见他们是把"该干的"很认真地干。因为他的利益与企业同命运,而"爱干的"更多地张扬到企业中,因为他更能够做主。

国家单位或国有企业被任命的第一领导者与团队的关系主要不是利益而是职责关系。这就应把"该干的"不分爱干与否;而对"爱干的"须慎重选择。带入团队有无意义,是判定原则。党员干部要按照习主席"照镜子、正衣冠,洗洗澡、治治病"的要求严格要求自己。

把"个人爱好"带入团队的选择和程度,也应自觉认真对待。"爱好"指健康的、合理的、向上的内涵;而陋习、低俗的偏好不能带入。

"从我做起，始于足下"的自勉

社会现实中存在很多矛盾和问题，既错综复杂，又根深蒂固。我们凭借一己之力往往是不可能解决的，大部分甚至连做稍许改变都难。

古训有云：位卑未敢忘忧国；国家兴亡，匹夫有责；不因善小而不为；千里之行始于足下；我为人人；从我做起，等等。

我想我们应该是：担不起的担子不必担，但能有工作关联和能起些作用之事一定努力做好、做到位。不要既是业内人士，又是面对问题的"牢骚者"。应尽量做到"从我做起，始于足下"。

我提倡的人生哲理是："别把自己看得太大"，要低调，防止心态膨胀、无以自持、作风张狂，忘却敬畏，酿成大错。但也"别把自己看得太小"，因为实践者最聪明，不唯上，不唯"洋"，不唯权，不唯书。自己亲自干过的事、体会真切的规律，就最可信，就比没干过的人"大"，就应理直气壮地坚持和宣讲，在领域中起到力所能及的作用。

中国科技工作者的民族自尊心，自然也能由此积累。

人情

有一定权力的领导者，也常有招聘人才的选定作用。好的单位、部门，求职者视其为"美缺"，会更有竞争和成败性的重视。如何取胜呢？人情的拜托也是个影响的因素，尤见于道德下滑的年代。增加人情的权重、用权谋利的腐败，那是触犯纪律、法律的红线，是超越我这里论述的范围。

我从土建专业高校毕业，多年在土建专业部门工作，并逐渐做了领导工作，而且我们的部门又曾是行业被羡慕的单位。我的同学、同行、老友很多，他们的子女愿追随长辈们事业的不少，学了专业有些就想到我们这里求职。他们父母到我这里打个招呼就多，有时打招呼的人数竟超过了当年我们要招聘的人数。家长的人情若何呢？人情分等级不更难倒了我吗？确定理直气壮的说法就是"择优录取"。怎么择优呢？就设题考试吧。有了这个主意，就执行啦。

我的"人情"就是托我的朋友们，其子女都可安排他们参加考试。这个承诺，送了人情，也不算过分，不算虚伪。虽然有的朋友并不满意，也不好意思再强求直接录取的照顾。

我约请院里各专业的总工出试题，要求他们考前保密，阅卷绝对公平。他们真诚帮助，都做到了。

结果胜出者乐，而家长谢。我也谢朋友输送了人才。未能录取者家长与我相遇时，我只说来考的学子大多很棒，你的相比稍差了点。他们多会回复：孩子自己努力不够。反正没有直述不满意，怪我不近人情的。

　　社会风气的复兴使我庆幸，我的决策符合中央的教导，并越来越占主流。

　　我没"更照顾"的朋友，原谅吧！

　　公正地招聘到人才，让我高兴！

　　帮我执行此措施的同仁们，感谢你们！

"找谁办事"的策略

执业中，常要到有关单位找某一级别的负责者提出具体要求，以谋解决问题、办成事情。

在去相关单位之前，我常问明应找哪几位领导解决，而且找谁"更好"。这种信息如果正确可靠，那我就确定只找那位"更好"的人去办。

但是去后，这位"相比更好"的人很难找，有时找不成，白去，下回再去！甚至要跑两到三次。

偶然碰上"不是更好的"那位，我也不提事情，点头而回；直到找到"更好的"那位，办成，了结。

我这种做法是从老前辈处学来的。他们告诉我，有些部门的干部区别很大，不好找的干部很忙，他总去办事所以不好找；有些较闲，常在办公室坐着，因为不大办事，所以好找，但成事不多。你把事交托给他，反倒停在他手上延误时间，甚至难求退路。

前辈传我的真是阅历之精髓，所以我就"只找忙的，不找闲的"——忙的办事可靠，虽找到难，但找到后顺！

当然，这现象和策略是计划经济"吃大锅饭"时代的，现在已"不大一样啦"，更盼望的是"大不一样啦"！

愿让秘书代为处理事务

我当领导，坐里面办公室，秘书外屋办公。来找我的人，如赶上里屋有客未走，秘书就请他稍坐，敬杯茶，有时聊几句。

有一回，送走客人，秘书说刚才某某来找你，坐等时和我谈谈就走了，没再等你。口气中，因和客人谈了，客人就不再等我，有"越位"之嫌、内心不安之意。

我体会这是怕侵犯我亲自决定事务的领导权，怕剥夺了我领导欲望的致歉，这也符合一些领导者的心态。其实我认为如果他能替我办的事就该理直气壮地处理掉，不正是高效工作吗？而且他所以能办，恰恰是按我们规章可以办的。只有以"人治"为主的领导或爱谋私利、以权换人情的领导才会不愿别人介入。

所以我很鼓励了他一番，而且调侃地说：你如办得好，我在里屋逐渐就没了日常烦琐事务，那才是最好呢！他也露出悦色。我继而又逗了他一句：到那时，别人如指问"那门里是什么？"你就说"是壁橱！"

助手的处事原则

助手,这里指领导者身边的工作者,是与下级各个方面的联络人。下级的各种要求,多通过助手汇报到领导者面前请示,得领导表态后去办理。

"同意、不同意、搁置",是助手常见到的三种指示。助手当面体会到的是"不同意"或"搁置"的表示时,往往很为难。特别是当下级的要求符合领导的宣言和承诺,而这次领导的态度和情绪却相反。这样回复给下级,深感缺乏道理。

是按领导的态度不再为下级争取了呢?还是按领导的宣言再去推进呢?这是助手所面临的特殊矛盾。

正确处理的哲学,就是必须"按领导的宣言继续推进"。这里有大的执业之理和小的民俗之理。

执业之道理:领导的宣言是正式的。领导临时的态度是含有情绪化因素的,如能择时劝说或提醒领导,使其调整一时心绪,这才真正是为领导补台,是正确的工作原则。

民俗之理:领导的宣言大家都知道,领导当时的态度只你一人见到,事情常不是就此结束,早晚你必沦为"替罪羊"的角色。

作为领导者的高明,那就是要营造助手"敢、肯、愿"与自己申辩的氛围,使助手们都能按正确的走向,顺利地排解矛盾,帮助领导冷静正确地做好工作,也培养了好助手。

报告要想效果好，换位思考必不可少

下级单位的事情，要向上级领导请示，常要写请示报告，以获得指示或批准。这种报告要含因缘、理由、必要性、获准后的自我保证、预估的情景、举类似的实例等。为能获准，报告中哪条都不敢单薄。精心写就了文稿，还要谋算所送领导进行"个性化"处理。如年纪较大，文字版面就要字大，行间距疏一些；还要为领导的批示留有空白。如送上后多日未批，等待甚焦。此情此景，多次听干部们交谈，逐渐懂了一些哲理。

高层领导干部管的事面大、量多，除去礼仪活动、会议商讨、阅读上级文件、独自思考、解决助手专报之事、视察外出，剩下用于批阅下级单位报告文件的时间能有多少呢？下级文件也不止你一份呀，真要拿到咱这本这份请示书，没有一段较完整的时间敢看吗？

我们败在了求全、求完美，忘却了工作量分配的哲学。越是高级的领导干部，管的面越大，要批的文件越多；每份文件，分摊到的工作量越少。而你的文件太庞大，所以常被推出正常流程。

我的经验是：主题明确、分段编写；每段用黑体字写出小标题，其后说明文只两三行；复杂的事在两三行末注上"参见附录××"。

真好！首长花几秒钟看总标题，就知什么事，也许就能批给谁去处理了。首长再花两分钟看完各小标题，就知事情有些什么节点,已能有意向和具体指导了;首长如花5分钟看完正文,已能全面掌握情况,成竹在胸,把你请来面谈也有可能。

首长若花20分钟看了所有附录,他的批示已不是回复你的请示,而是创造性地领导这项工作的思想纲领了。

写报告要想效果好,换位思考必不可少!

"妇女之友"

北京市建筑设计研究院前任院领导们远见卓识，发起并牵头组织了同行业的"女建筑师学会"，学会活动活跃而多彩。

1995年北京承办了第4届世界妇女大会，女建筑师学会的姐妹们出于对专业的热心和参与国际交往的积极性，申办了大会的一个"非政府组织论坛"。此时我已接任了院领导之职，对这项活动很支持和肯定。她们努力筹办，编写论文、复习英文口语和安排论坛细节。最终，论坛活动获得成功，被大会评选为优秀论坛之一。在总结大会上，市妇联主席、副主席们问我，妇女组织常以妇女争平等、提高社会地位为主旨，女建筑师们并无此需，你们为什么成立这个学会呢？我用从演艺界学到的"越是民族的，越是国际的"哲学引申之理答曰："因为'越是妇女的，越是全社会的'。"几位专职妇女工作的大姐竟说，干了三十年妇女工作都没说过这个哲理。

后来给我颁发了一个荣誉证书，荣誉称号是"妇女之友"，我窃喜，女建筑师姐妹们的辛苦，竟给我带来了这份殊荣！"妇女之友"怎么像期刊的名字呢？噢！是一套连续发行的期刊，足够不断品读，不断体会，是没有尽头的教材，是套哲学读物。

图版六

藏品鲁班锁——体现了古代匠人的智慧

自己设计的家具，下部条凳可与衣架灵活组合使用（对页）

藏品座钟（一）——此钟为文中提及的"温差动力钟"

藏品座钟（二）——此钟设计精巧，颇具技术特点

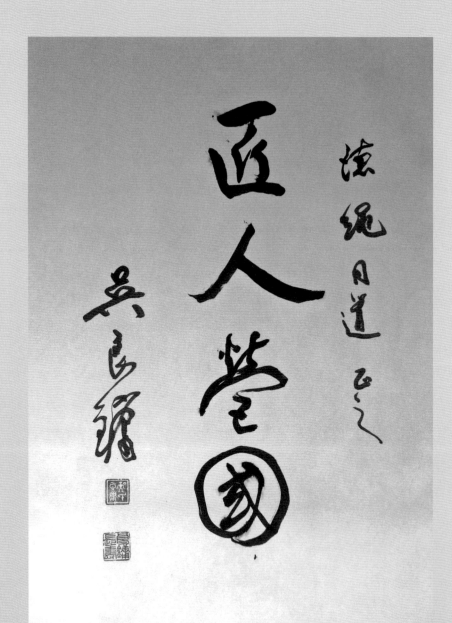

吴良镛老师恩赠墨宝《匠人营国》

"匠人"情怀

梁思成老师在清华大学建立建筑系时（1946年），曾引用当年营造学社朱启钤社长的话，提出"匠人营国"的口号，定位和鼓励我们要学做"哲匠"，还曾自谦为"拙匠"。"营国"之意，也被梁老师提升，教育我们学作匠人同时，还要修炼为国效力的责任心。

民间工匠门类很多，统称匠人，其含义微妙。齐白石是一大艺术家，却自谦为"鲁班门下"；医生们自谦为"修人匠"，以自称匠人为乐。在现代的培训和教育界及人事部门，以"技师"系列归属，俗话以"蓝领"相称，大众多以"师傅"称谓交往。

匠人中，阅历深、工龄长、有威信、主领徒弟者，大多本人都有成就感、有自信心，有确实贡献，有不低的工资。"行行出状元"之赞誉，多指的就是匠人们。可惜至今，社会上对于"匠人们"缺少应有的尊重。这是我国教育政策的短见，是中国文化中"唯有读书高"的劣根性残留，是经济大发展的"软肋"。

"匠人"的定义我不懂，但想来大体是指靠劳动、创物质的有专项技术或称手艺的营建者、工作者、从业者。他们的特质非常多彩，难以概括。我理解，似有如下特征：他们的技艺成长多以师承传授为主，以大量实践得以熟练；以熟能生巧和各自修行，从心领神会，到因手巧而心灵，达到心灵手巧的境界；有的还获"匠心独具、巧夺天工、鬼斧神工"等赞誉。

虽然各行各业的"匠人"们特质不尽相同，但绝对是一个可爱、可敬，值得深深交往和尊重的群体。

盼望我国相关部门和领导们对"匠人"更加重视并给予支持，对匠人地位多方位提升，这对我国经济发展必有极大的促进作用。

为解释"匠人"工作的特点和意义，我曾以"厨师"为例描述过：同样的菜名、同样的原料，不同厨师做出的菜，味道高低会差很多。这也能表达"匠人"工作的重要意义。

心怀此想，再忆中国文化中老子《道德经》所说："治大国如烹小鲜"之论，似说政治家如厨师，既含有技巧又各有高明。真是高抬了"匠人"地位，却正能支持我崇敬"匠人"的情怀！

戴念慈部长的哲理

戴念慈先生是我国最著名的老一辈建筑师之一，他曾任建设部副部长之职，主管城市建设的重大事项和技术把关。在1982年，北京"京城大厦"项目正在筹建，由日本清水建设株式会社获设计标。清水建设又聘请了中国建筑师、工程师合作完成设计。

在我们出国合作设计之前，还有个程序——这个坐落在北京东北方的186米高的超高建筑的方案可否继续深化设计？当时北京建筑限高规定已有灵活的可能，但还没有放宽的新规定代替，只是采用了"一事一议"的审批方式处理。这次审批就被确定为"开会解决"，而由建设部副部长戴老在听汇报后表态拍板。

会议进行中，汇报人在台上，戴老坐在台下一排，我坐在他后排，只见他手中拿个速写本，就像一位专业高手用铅笔随手作画，类似素描的笔法，零星在纸上各处，画成块块方案图、楼顶大样等等。听着方案汇报，他手中就出现了有关的小图，我也看不准相关性，但后来我体会一定是思想中的亮点。

最后该他表态了，手中的速写本上一字没有，就上台发言去了，现在我还能清晰地忆出大意。他说：北京城市规划有着明确的限高规定，是北京建筑天际线的红线，多年来严格执行着。周恩来总理生前也多次强调以此规定作为准绳进行建设把关。但是今天我们经济大发展了，建设也在大发展，固守也不行啦！周总理也不再会给我们新指示了,那么我们怎么办呢？我们应该体会原规定是为什么，总理指示的本质意义是什么？我认为就是为保护古都风貌！其实就是保护北京独有的风貌，那最重要的就是紫禁城。底线起码是人们在紫禁城里，不能看见外面的高楼大厦等现代建筑。所以，原天际线的限定是以北京中轴线向东、西两个方向越远越高。在紫禁城中，如果咱们站在太和殿的基台上向东北看去，视线从东墙顶放射出去，你们在东直门外的186米高的楼顶是看不见的。所以，我看原则批准你们进行建筑设计！

  原则性、灵活性、本质、底线、发展、保护，对前辈领袖的尊重和不墨守、对政策和技术的融合等，全在其中。这种修炼的高度和深度，让我学习、思考、欣赏、尝试了几十年，不敢不宣扬给年轻人享用。

贝聿铭大师的设计哲学

贝聿铭先生是世界最著名的建筑大师之一，因他是华裔，所以在世界上很为祖国争光，尤其是建筑界对他格外尊重和崇敬。他另有和蔼可亲、风趣诙谐的一面，我和他独处时非常放松，敢于轻松快乐交谈。

曾与他聊过巴黎卢浮宫中他设计的玻璃方锥，我说曾专门从东头走到西头，从西头走到东头，仔细品味体会到，真是如果再高两米准太大，再低两米准太小。我特意注意不说高两尺低两尺，而说高两米低两米，以免有"吹捧"之嫌。这大概还是触动了贝先生的衷情，他说：其实我设计它是驻了几个月的现场，当创意方案决策后，主要的技术工作就是确定它的尺度了。

那么方案决策是怎么定的呢？贝先生用简单的几句带过："我想在卢浮宫大院中不能做仿真的假古董，做新建筑也应不显眼不夺主。那么怎么不显眼、不张扬呢？就是造型最简单，锥形；质感最简单，光面；色彩最简单，透明。这不就是玻璃方锥的构想吗？"。

我侃曰：就这么您已经到手一大半设计费啦？

快乐记述的这个故事，可能不太准确，因为他的语言、他的诙谐和我们习惯不相同。我是"翻译"成我的语言而记住的，虽然他和我讲的原本就是中文。

关注细节的建筑大师华揽洪

2013年初，我们在京召开了追思会，悼念百岁仙逝的建筑大师华揽洪。他是有两代国际血统、晚年定居法国、在中国有巨大影响、至今有著名的建筑设计作品存留的大建筑设计师。我和他曾同在北京市建筑设计研究院供职，机缘使我们成为隔行、忘年、级别差很大的至交。我们也会闲谈，经常交流非专业的有趣想法，我很尊敬和怀念他。

当我听到"细节决定成败"这句格言后，我就想起华老真是我少见的关注细节的建筑师。他从科技角度、人文角度对细节重视，作为建筑师更是表率。不同于一般建筑师所关注、追求的建筑美学效果，华老的境界使我逐渐悟出了：建筑美学一定是受科学技术引领和支撑而发展的。

有一次，他告诉我，楼梯踏步的常规设计是不好的，都是一水平踏步、一垂直立板的阶梯，其实应是踏步平面向内倾斜约10度左右，才更精准适应人脚生理特征。又如，立板下面应内退些，为上楼时脚尖多留些进深。华老的论点使我万分敬佩，也使我体会到建筑业绝不是"傻、粗、笨"的产业。

生活中一些小事，华老也有独到见解。他曾讲：人们白天穿皮鞋，是会出汗的，使鞋内潮湿。即便晚上脱掉，明天又穿，其实一夜时间，鞋是来不及干燥的。所以，鞋是长期潮湿的，这会损坏皮鞋，使之不耐用；而且滋生霉菌，也很不卫生。解决办法是同时启用两双皮鞋，隔日轮换，那么脱下的鞋经过两夜一天的晾干就好了。受华老启发，至今我就是这么做的，因为我皮鞋式样大致不变，所以隔天一换，未被朋友们注意，也未传播这个智慧。

有这么深刻思考细节的习惯、能力和品质的建筑师，在精心做建筑设计时，能不精彩、能不高明吗？

可敬的华老所设计的"北京儿童医院"，在当时就是设计精品，在现在仍是北京城市中必须保留的珍品建筑，发展中不恰当地拆改了原有部分，永远使人唏嘘心疼！

取舍的考量

听侯宝林大师的一段相声,讲述早年艺人在"天桥"演出,场内查票遇到的困难,对有权有势者不敢查问,非常无奈,如:穿西服的不敢问,不是长官也是翻译官;戴徽章的不敢问,不知是哪里的要员;穿马靴的不敢问,不是军阀就是军痞。捧哏的就说了:那也不一定啊!消防队员也穿马靴,就可以问!逗哏的答曰:那他要不是消防队员呢!

这非常巧妙的问答,其实含了个取舍的考量。无法判断他是消防队员还是军阀时,只能认为可能性相同,决策取舍的因素就应从后果去考虑了。查问军阀,后果是挨打嘴巴;不查问,后果是消防队员的票钱会流失。相比,后者严重性较小,那就决策取后者,不查问。这段相声的精彩就是言简意赅,意味深长。

在参与北京长安街东方广场工程项目建设中,由于执行首都规划天际线的限定原则,三大组建筑高度由西向东设计为60米、70米、80米。而此工程立面风格三组是统一的,高度却为阶梯式,因此投资方心存遗憾,总不甘心,盼望审批将来能放松,提高西组的高度。

在工程设计中,我们一直遵守西低东高的规划条件。当设计工作基本完成时,投资方提出西组增加一台电梯并增大承载力的设计修改要求,我一听就是为西组今后可能加层做的相应改变。

向合作长久、已成好友的投资方负责人探问，是否有获准加层的进展了？他答：还没有。我说：那为什么就改呢？他说，李嘉诚先生有指示。我两个人再细聊，品味到李先生的决策思路——那就是如果施工过程中，争取到了加层的批准，而工程自身条件不行，限制了加层的实施，那岂不太可惜了吗？如果加了电梯加了承载力，却未批准加层呢？那只是增加或称浪费了一部分资金，这倒是能承受呀！近年来，这个哲理已发展出了个专用语，称作"无悔行动"。这个取舍哲学，思路清晰明确，可称范例。

　　我有所感悟，当时就闪现了侯宝林大师的那句："那他要不是消防队员呢？"侯大师这段逗笑中的深邃，耐人寻味。

学兄嫂杨士萱姜慧芳伉俪

我和夫人贾靳民当年在清华土建系读书时，有两位学长先我们也在清华土建系学习，他们在"建筑学"专业就读。学兄杨士萱的父亲是我国建筑界非常著名、学养极高的建筑学教授杨廷宝，时任东南大学建筑系主任。他的声望与清华土建系主任，我们的梁思成老师齐名，学界称他俩位为"南杨北梁"。杨士萱继承父业，却偏在清华大学梁老师的门下求学，估计是"广学宽纳"的高明。他们的伉俪何时结成，我不尽知。我们四人竟在北京市建筑设计院供职时相熟，学嫂建筑师名叫姜慧芳。

当我从事援外工作出差几年后，返院进行设计工作，与杨士萱学长配合做过工程项目的设计，以不同专业负责人身份合作。当时国内设计行业的革命化正提倡"下楼出院，结合实际"，我们合作的项目又是含工艺性的工厂建筑，更提倡与生产工人同劳动，体验工艺和工人的各种需求，"为工人阶级设计最好劳动环境的新工厂"。我们每天由建设方接到旧工厂劳动、体验、调研，他们用的是一辆三轮摩托小卡车（带帆布车厢）。

回想当年我们共事，还真多彩有趣。改革开放初期，我又去国外工作，此期间他俩移居美国，后只有些消息，得知他们在美国就业于贝聿铭建筑设计公司，学兄已退休，学嫂前几年高龄病逝。

太巧了！2016年底竟碰到了杨学长，他健康而思维敏捷，是为落叶归根的心愿而回京作安排的。他在北京郊区购妥双骨灰墓穴，学嫂的骨灰盒已葬入。事虽凄楚但见面还是快乐，谈及贝聿铭大建筑师。他说贝老年事很高，已不能从业，是两位公子继承父业维持设计公司事业。我说在本世纪初，贝聿铭大师来北京，我还向他请教过，并写了半页纸的随笔（《贝聿铭大师的设计哲学》）。我取出了这篇小稿，杨学兄当即阅毕说：贝聿铭大师做完法国卢浮宫工程后，写了不少总结和构思过程的文章，你这几句很符合他论著所说之重点。我真高兴！写后再没机会见到贝聿铭大师，未能向他求证，所以还不敢多传播，今日总算有了可靠根据。杨学长告别时说这稿的复印件我带走吧，争取收入贝聿铭先生的文献资料室中。哈！真是幸运！不管结果如何，我也无一定的奢望，得到杨士萱学长承认我这随笔的论点没荒谬，可以传播，我就满足了。

  运气常是碰上的，刻意地追求，有时反而很难！

吴良镛老师的言传身教

"两院"院士、2011年度"国家科技最高奖"获得者吴良镛先生是我的恩师,他享誉中外、以创建"人居环境学"而著称。

多年来,工作中我对建筑专业的毕业生重视建筑艺术而轻视建筑技术的倾向感到担忧,并想尽力做些相关的宣讲,争取起些纠偏的作用。

想到吴良镛先生的老师、我们的师祖梁思成老师曾说过"匠人营国"之语,就写了"匠人情怀"等两篇小稿。意在强调建筑师也是特质的"匠人",不只是艺术家。

2013年初,有幸在一次会上与吴良镛先生细谈,求证上述的担心和我的认识,老师竟很赞同。我也借机大胆地提醒吴先生,他曾答应给我写幅书法作品,后因身体问题搁置了多年,我还总在盼望,吴先生说:"好,写给你!咱们商定写什么内容呢?"我们借刚才的谈话主题,定下就写"匠人营国"四字,送走老师时,我把我的那两篇小稿交给了老师,烦请老师闲时稍阅指正!

一周后,老师竟亲自给我电话,指出看了"匠人营国"有两点意见:(一)对我所写"梁老师用《周礼》《考工记》中的半句话提升成'匠人营国'的教导",吴先生指出:其实这个首创者,是当年营造学社的社长朱启钤先生,而梁老师是极欣赏赞同,然后引用的。(二)指出我写梁老师鼓励我们要作"哲匠"别作"拙匠",

这意思不错，但要知道梁老师曾在文中自谦称过"拙匠"，我的那种写法就不妥了。

我太感谢吴先生的指正了！我因读书少而未求甚解，吴先生不仅做了具体指正，而且他的大家学风和责任心给了我巨大的教育！

一周后，吴先生托人给我带来了墨宝及近年出版的两本画册，我受宠若惊，尊敬、仰望、品悟、铭记！他这么对待我这个后学小人物，长辈、大师的风度传达了多少高尚做人之道，我在此已无文以记了。不想，过了一周再次接到吴先生的第二个电话，说：你的另一篇文章也看了，都同意，没什么意见！这第二个电话更使我喜出望外！没意见也要告知，为让我心安落地。

学吧！对学生的负责，对学问的认真，做人的谦虚，后辈们咱一起学习并共勉！

图版七

任援助阿尔巴尼亚综合印刷厂"现场设计代表",荣获两枚阿尔巴尼亚劳动勋章

颁奖通知信函

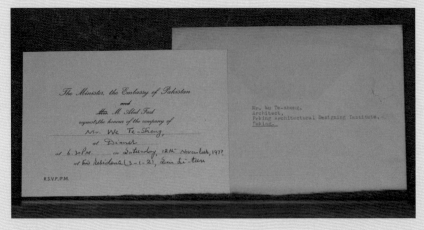

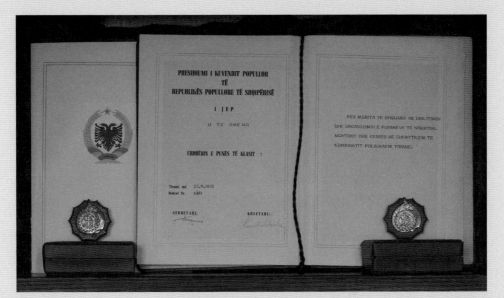

勋章及证书

发挥余热——为国家为行业为首都贡献力量（一）

发挥余热——为国家为行业为首都贡献力量（二）

发挥余热——为国家为行业为首都贡献力量（四）

党、国家、人民给予的荣誉——2001年荣获"全国五一劳动奖章"（证书及奖章）

党、国家、人民给予的荣誉——"全国五一劳动奖章"（证书）

访台留念（2003）

"吴家 STYLE"——与夫人在三亚海滨（2012）

清华大学建筑学院环境工程专业成立六十周年，与李元哲教授同获纪念证书（2012）

应暖通空调协会邀请，到浙江工厂调研（2012）

活到老学到老——出差途中学习中央最新精神（2015）

不在人后说"坏话"

我自幼听家长、老师教导,不许在背后说人"坏话",虽不大了然,但也进入了我的"是非观";又听说过"嚼舌根子""婆婆嘴"之类的含有贬义的话,增加些感性理解;在学到"静坐当思己过,闲谈勿论人非"的文化教导后,可以说我的教化又有进步。当学到"批评和自我批评"的教导后,我逐渐地把这些哲理系统化了。

我就明白了,不在背后说别人坏话,对别人缺点有看法一定当面说;而且争取没别人在场时对他说,不管他爱听否,反正我是诚恳的。也体会到,对我闲谈别人"坏话"的人,不可交。其实人们交往之中有意、无意、善意、恶意的相传,背后说人的话,常会传到本人,甚至还有夸大,影响团结,破坏和谐。所以,我提倡在这方面大家修养自己,"对别人的意见,只在当面说"。

我认知这道理,并执行了一段,也真尝到了"甜头"。

一次聚餐入席,大家坐定谈笑。有一位晚到的朋友刚入座,有人说:"你好好交代为什么晚到,吴德绳刚才揭发你啦!"这位朋友因刚进入,还没融入这说笑的场景,却一脸正经说:"不可能!吴德绳从来不在背后乱说别人!"我好光荣啊!正确地处事,总是会被认同的,自豪地窃喜。想到我好朋友多,也许和我这个认知及坚决执行有关。

自己在这里的吹嘘,主要是为和大家分享这被验证过的事理。

不编瞎话

人们在交往中，常有自己的疏漏和失误，也常有没做到位的情况，绝不算是严重得不可原谅之事；但常见有人为遮掩这小缺点，而顺嘴说句瞎话，以为就显完美了。可是谁都明白，一句谎言出口，常要再编谎言来保它。人过的真累！想要记住无事实为依据的谎言还真难，还得记住对不同的人说的不同版本。我用数学中拓扑学原理解释：眼前谎话只能摆平眼前的对接，扩展开必有不能衔接处，因为它含有伪事实。

人如果本身不坏，做错了什么都属不坏的人的失误和疏漏，何怕之有？直说、讲真，多么磊落、多么省心、多么潇洒，既不需要记住什么，又不怕戳穿什么，最终那个"他不老实"的贬语也扣不到头上。

马克思也曾教导过："说真话是人应尽的义务"。

应该如何做人，在这方面，只靠推理也能明白呀！何况还有品德规范着呢！

科技思维的三个层面

科技以及工程实践中，思考常以三个层次为逻辑，我简化为："是什么""为什么""做什么"。用这种层次来引领思维的进行，比较清晰、简便、有效。

如在评估博士研究生的立项、设题和论文时，我提出这种想法和指导，多能得到真诚的认同。把这体会记下，盼与同仁们共同完善对这规律的认识和利用。

一个现象要进一步研究它，当然首先要知道它"是什么"，首先就要从纷乱的现象中理清楚问题的实质，也含主要因素的挖掘。毛主席教导的"由表及里""抓主要矛盾"的方法在这层次就很精辟。

在探寻"是什么"的主要情况后，就要进而认知"为什么"？其实探究"是什么"的过程常是连原因同时触及，而且两者是分不开的。没弄清"为什么""是什么"不会想深刻；没弄清"是什么"，探讨原因不会准确。这两层次是交叉的，不必过分追求分层次，把它们分在两个层次也只是为思维入手时清晰些。

第三个层次我简称"做什么"，主旨当然是解决问题。考虑"做什么"一定要基于"为什么"，这就是"做什么"对"为什么"的依赖。

所以我总结，对问题进行研究简单的思路是：先弄清问题"是什么"，一定会联系问题"为什么"的因素，再深入挖掘原因、尽量把原因找寻周全，完成一二层次的分析。

有时"是什么""为什么"挖掘不清时，也可暂时定一种"试行方案"，也算是"做什么"的初设；但一定要明确，它只是为弄清"是什么""为什么"而设，并不是真正的"做什么"的确定成果。待证明有效，而深化了、解决了"是什么""为什么"，再进行"做什么"的完善和确定，才是正确的思路！

除科研工作，对一般的工作改进、矛盾解决，其实也可应用这种思维的逻辑；但特别要引为教训的是，当"是什么""为什么"不清时，最多只能定出"试行方案"，局部试行。如急于求成，付之大规模推行，必会欲速不达，适得其反，吃大亏的。群众早有对此现象的贬语："问题不明决心大，策略草率行动快"。客观的规律，人们的认识和决策是不能违背的。

情商

大学生很重要的学习和提升方面，必含"情商"。

我体会，推行独生子女时代的孩子们，比多子女时代少了很多家庭人际交往的机会，成长磨炼得很不够。在大学学习阶段，学校有意识地为他们弥补，很有必要。

我稍读了一些专著和理论，愿用我的体会结合我们的情况进行阐述，虽不严格，倒会更接地气。情商应属一个人与别人交往水平的评价值，我们只做些定性的表述吧！

一、迅速定义自己情绪的能力

比如：听到别人有什么好事，自己可能内心出现了"羡慕、嫉妒、恨"的情绪。如自己能很快意识到，我现在已"不是为他高兴的情绪了"，这就是情商高的标志。

二、理解别人的想法和思维规律的能力

这方面在生活中遇到得太多了，比如发言不重视听众的效果、辩论不能切中分歧、推销不知对象的顾虑、答辩不懂评审者的怀疑点，等等。

三、掌控自己情绪的能力

当了解自己情绪不对、当察觉对方的思绪与自己的方向"不对路"，能及时能做出调整，是高情商的表现；特别是，因被激怒而做出过分举动，就必含情商不到位的问题。

四、激励自己的能力

人们生活、工作中，总有失败之事。能否从痛苦、懊悔等情绪中迅速振作起来，而走上纠正、再努力的新阶段，情商会起到很大的作用。

五、在群体中起和谐核心作用的能力

有的人在群体中总是"扫兴者""别扭者"，也必是"不自在者"，土话称为"没活明白者"；而另一种人总是那么阳光，顺利和不顺时都以"正能量"团结大家，淡化消极，这就属情商高的一种特质。

虽然上述的总结不一定精准、全面、科学，但如能使老师和同学们对此加以关注，就能在教学中、个人修炼中起到一定的作用。

认知的黄金时段

职业生涯，可称创财富的主要阶段，为祖国、为单位、为自己家。当退休后仍有体力精力，我体会应是提升文化的阶段，而且是人生很重要的阶段。

这个提法还没有被广泛认知，但我的体会是真实的和认真的。先罗列出退休后的人生优势：（1）有了丰富的阅历、经验和教训，而且还较鲜活，反思的素材充分。（2）有条件连续、反复深入地思考某一个问题；可不再被具体的繁忙所打断，致使思考止于浮浅；有时还会思绪再扩展，出现"创新"。（3）考虑问题的切入点能很宽泛，常自然触及阅历中的多方面，会提升到哲理思维，并形成兴趣和习惯。（4）有时间对疑问进行再学习、阅读和查文献等；具有较多的人脉、老友，方便请教、交流和切磋；从互动到设题、解题，使思考、探究效率较高，甚至乐而不疲。（5）对时事、新闻、中央文件等的学习更有时间了，思考问题的背景和信息比较丰富，理解的水平会更高些；联系本行，就会有宣讲等发余热的意义。（6）有了些独立见解时，依靠思考的详尽而获得自信心，敢于立言。（7）认知的碎片数量逐渐增加，会排列出规律，从量变到质变，而易使认知成系列，更为深刻。（8）自信心会带来更大的谦虚心态，已没有在职时被如何评价等顾虑，更肯于否定自己，最益于探求真理。（9）对新生事物的浅触，常产生新鲜、佩服、快慰和尊敬后辈的心情，因而更热爱年轻后辈，会提升自己为他们奉献的精神和动力。（10）从职务退下来，没有了所谓权力和影响力，原来的合作者就不再有防范之心，就容易获得对方的真实想法，得到真实的信息。（11）回顾历史，自己当年对一些重要事物发展的预判已有了结果；总结对错的原因，会逐渐提升自己的直觉判断水平，正好为青年人"把关当参谋"。（12）因年长，受到过传统文化熏陶，受到前人们的教诲比青年人多。这是我们特有的财富，有可能和责任"为先贤继绝学"。（13）对客观的认知深化，会更淡定地看待事物的对错，少了"求全责备"的心态，多了对时代进步的感恩，享受到更多幸福感；在各种场合也会自然起促进和谐的作用。

相信在这种快乐地提升文化的黄金时段，写下的各种随想，其中会有可贵的内涵，写些"随笔"，不论碰上什么机会，作些传播，也留些痕迹，必会起到古语所说"为后生开太平"的功效。

我有个习惯：备个小本，把随时、随处闪出的想法、往事、理念、调侃等赶快记下一两句，防止忘却，过后"抓空"把它写成随笔。这是我近几年抓住闪念为随笔而设题的好办法。也一并介绍。

请处在黄金时段的朋友们参考。

节约是永恒的主题

幼年学到中国文化中节约物品和劳动成果的内容有很多，比如"谁知盘中餐，粒粒皆辛苦""一粥一饭当思来之不易，一丝一缕恒念物力维艰"等，都是幼童们耳熟能详的名句。年长后，又得到"节约每一个铜板""一分钱掰成两半花"的教育，我认为节约是教养、是觉悟，节约的习惯是美德。学了马克思著作，体会到浪费劳动成果，就增加了"必要劳动时间"，也就减少了享受生活、欣赏艺术等的机会和总量。总之，都确信人们不应浪费，甚至不应奢侈。

但是当改革开放之后，我们经济出现了腾飞，消费水平突然升高。初期，我觉得不适应，随后又听到：增加消费才能拉动内需，有利于生产发展，有利于国家的税收。又常见企业的活动标准很高，企业家从座车到驻会以及服饰、用品，必追名牌、豪华，却说是市场经济的需要。这段时间，我迷惑、茫然，是我落后和思想陈旧呢？还是先辈们的教诲已经过时，应当放弃呢？纠结、思考、探索，伴随了我几年。

这几年我们经过了市场经济文化的提升，我们见过了世界经济的荣衰，我们更多承担了保护地球、环境、资源的国际义务，我们消费趋于理性化，我们揭示了不少高档消费品的伪劣，中央反腐的进展让我们明白，用不义之财带动的消费作风是应该摒弃的恶习。

我们也多见挥霍性的生活方式，那其实是非健康的。人类的健康长寿也与其相背。

我逐渐恢复原认知的自信，人类科技进步必然带来生活水平的提高，物质的丰富、食品用品的精致、生活和社会活动的方便，理应一代胜过一代的。但从地球取用资源，必须为子孙留有更大的余地。

人类劳动产生的成果，不珍惜、被浪费，是对人类自身劳动的不尊重，是绝对的"不道德"。

节约应是永恒的主题，祖训是真理，不会过时，随着人类的发展、进步，只会不断强化。

比我们先几十年富起来的美国民众，至今还实施着一种很好的民俗，周期性把家庭清理出用不着的尚好衣物集中，选一天摆放在自己车库，每件挂上一两美元的标价，旁边放上一个纸盒，车库门大开，供邻居、路人自由取用，自己放钱，以求物尽其用。他们还常先把物品洗净。那为什么还收点钱呢？这是美国文化，与我们不同。他们这是为取用者保持尊严的好意，表示是卖给你的。

可喜的是我国也开始了类似的活动，比如设置爱心小屋、自愿赠送闲置物品。

节约绝不是小气、保守、陈旧，而是人类文明的进步和高尚。

人生"三字经"—— 七十五抒怀

没攀高，不骛远，美日子，幸福过；
遇达官，从未忾，白丁友，尤亲热；
试饮酒，关难过，没吸烟，怕瘾祸。
接任务，努力做，偶有得，偷着乐；
别人强，由衷贺，君之短，当面说；
品工匠，智慧多，不传世，怪我惰。
为先贤，继绝学，情深笃，必须做；
同道者，赐爱深，到赋闲，忙得火；
属科技，愿掺和，虚露面，尽量躲。
后辈友，邀入伙，能献力，就掺和；
受信任，更兴奋，抖精神，发余热；
为敬我，细品琢，别添乱，赶快撤。
参活动，不图酬，是学习，获益多；
几十年，从未阔，该花钱，没缺过；
崇尚俭，不志忑，摆奢侈，觉做作。
视健康，似赌博，得胜彩，再忙着；
遭疾患，安心卧，科学治，别太过；
医无术，就驾鹤，来一遭，没枉活。

2013 年夏

"有我"的自省

当年考入清华大学，心想，那么有名的大学，那么长久的历史，那么多在校的优秀教师、学者和精英学子，我一介新生多么渺小。

2001年清华庆祝建校九十周年，我已毕业多年，有幸坐到了庆典的主会场，近距离看到多位国家领导到场，更有神圣之感。当会议即将结束，我忽而萌生了一个念头：清华建校的九十年中，竟一半时间里"有我"。神圣中扫去些许自卑份额，增加了点自信比例，继而2011年坐在人民大会堂的清华百年校庆会场中，开始就有着自豪：清华百年中，一多半时间里"有我"。

2012年清华大学建筑环境与设备专业庆祝成立六十周年主会场中我的"有我"，体会更成熟了些，在发言中我直说了："我们专业的六十年历史中，五十五年'有我'"。会场有掌声，是对我的捧场，也有对"有我"哲理的认同。

"有我"意味着参与，意味着应该有贡献，意味着应反思不足之处。应总结历史之中的败笔，当时我应怎么做才更好。还是我说的那个理念："担不起的担子我不必担"，"有我"的主旨就是"要常思我所在时的责任"。从积极意义方面考量，"有我"主要就是意味着责任的承担。

感恩的修养

中国文化是提倡感恩的,其实质就是要感谢对我有恩的人、部门或者组织,比如父母、领导、师长、学校等等。

感恩的方式多种多样,但最本质的是提升自己心中的感激之情。恩,有的是一事、一指点、一启发、一赠予、一救急;有的是一段时日的帮助,有的是关键性支持。

懂得感恩的人,说明他有较高的道德修养,同时他更会有实际的收获。知道感恩,就会经常复习曾得到的恩惠之点,就能使其举一反三,增添作用。比如一个启发,一个主意,会再次解决新问题,形成"得一把钥匙开一些锁"的效果。

感恩的对象一定要宽泛,一定要不排他。这既符合事物的本质,又对社会和谐有益,要发扬感恩的积极作用,要防止误入狭隘、排他的感恩,而出现派性的负效应。

例如高等学校,研究生对自己导师的感恩是常见的。其实,其他老师和恩师共同构成了高校的教育氛围、良好的师生关系和教学条件以及多方面的学术基础。这些都使你得到恩惠,认识到这种现实,并诚心地产生宽泛感恩之情,这是应达到的情商高度。

感恩的心情一定要持久,这对施恩者并不重要,而对自己却十分重要。很多人因有恩人的帮助而获益,初始有很强的感恩之情,过一段时日就淡化了,这正是他自我膨胀的表现。以为当初的成功全靠自己取得的，这是非常有害的，会影响自己今后的进步。所以，持久的感恩是一种素质的修炼。

小至家庭、父母养育之恩、子女敬孝之情、夫妇互补支持，都属感恩的宽度所包括。

祖国蒸蒸日上的发展时代，也是个人发展的幸运，应视作一种历史的大恩惠，值得珍惜，更要报以感恩之情增强爱国情怀。

后记

书籍出版付梓之前，照例要写个后记，常规是对一些朋友的答谢。但本书，对我却有些难度：集稿年久，出力人多，都有特恩，只能请朋友们海涵，谅解我的不周。

首先要感谢夫人贾靳民，她是清华大学同学，1957年新生入校分班就相识了。几十年，不论过去的工作，还是现在写随笔，都给予莫大支撑。尤其是这次写随笔，常提笔忘字或不记得词汇，夫人都给予指点，并做了第一审稿人。这里特殊致谢！

本书出版的促进者，还有不少清华学弟学妹。他（她）们给予的鼓励、给予的帮助，是能成书最关键的支撑。这里专致谢意！

还有出版界的朋友，尤其是徐晓飞先生，给予事无巨细的帮助。他自称"做书匠"，与我这个"趣匠"相得益彰！

使这沓故纸"化腐朽为神奇"的是《由书及人的回忆》（代序）。马国馨院士既是我的老校友、老同事，更是我的老战友。他以"文字速写"把我的"人、事、书"刻画得如此清晰、准确、传神，使我对他的崇拜无以复加！

年近耄耋，能报效党和国家日短，愿能够生活快乐、心情舒畅，争取健康长寿，再发挥些余热。

在这里，祝愿各位读者工作进步，生活美满，身体健康，万事如意！

吴德绳
二零二二年春节于南礼士路

图书在版编目（CIP）数据

趣匠随笔：吴德绳文集 / 吴德绳著 . -- 北京：中国建筑工业出版社， 2022.5

ISBN 978-7-112-27338-6

Ⅰ. ①趣… Ⅱ. ①吴… Ⅲ. ①随笔—作品集—中国—当代 Ⅳ. ① 1267.1

中国版本图书馆 CIP 数据核字 (2022) 第 066557 号

责任编辑：徐晓飞　欧阳东　张　明
责任校对：王　烨

趣匠随笔　吴德绳文集

吴德绳　著

*

中国建筑工业出版社出版、发行（北京海淀三里河路 9 号）
各地新华书店、建筑书店经销
北京雅昌艺术印刷有限公司制版
北京雅昌艺术印刷有限公司印刷

*

开本：787 毫米 ×1092 毫米　1/16　印张：12　字数：145 千字
2022 年 7 月第一版　　2022 年 7 月第一次印刷
定价：68.00 元
ISBN 978-7-112-27338-6
（39518）

版权所有　翻印必究
如有印装质量问题，可寄本社图书出版中心退换
（邮政编码 100037）